A Máscara Ridente

Susan Smith

A Máscara Ridente

GRYPHUS
Rio de Janeiro

© *copyright*, 2012
Maicon Tenfen

Produção editorial
Gisela Zincone

Conselho editorial
Regina Bilac Pinto
Gilson Soares
Antonio de Souza e Silva
Julia Neiva
Maria Helena da Silva

Editoração eletrônica
Vilmar Schuetze

Capa e projeto gráfico
Axel Sande - Gabinete das Artes

Revisão, edição e organização do texto
Maicon Tenfen

Elaborada pela Biblioteca Central da FURB

S657p	Smith, Susan A máscara ridente / Susan Smith ; [revisão, edição e organização do texto: Maicon Tenfen]. - Rio de Janeiro: Gryphus, 2012. 93 p. ISBN 978-85-6061-092-1 1. Ficção brasileira. I. Tenfen, Maicon. II. Título. CDD 869.93

GRYPHUS EDITORA
Rua Major Rubens Vaz, 456 – Gávea – 22470-070
Rio de Janeiro – RJ – Tel: (0XX21) 2533-2508
www.gryphus.com.br– e-mail: gryphus@gryphus.com.br

Prefácio

Susan Smith é um pseudônimo. Um dos muitos utilizados por Suzana Dornelles Machado em sua prolífica carreira de romancista. Seu verdadeiro nome nunca apareceu na capa de um livro. Por pura conveniência de um mercado que acostumou os leitores — ou melhor, as leitoras — ao glamour picareta dos pseudônimos estrangeiros, nossa autora permaneceu anônima até o último dos seus dias.

Apesar dos reveses que marcaram sua vida pessoal, Suzana publicou mais de 100 livros "para moças". Sim, a maior parte de sua produção consiste na tal literatura água com açúcar consagrada por M. Delly e Barbara Cartland. Se a revelação fez você torcer o nariz, peço que leia as próximas linhas. A *Máscara Ridente* pode ser qualquer coisa, pode até ser destinada às moças (atuais), mas definitivamente não é uma historinha água com açúcar.

Para ser justo, devo dizer que Susan Smith trouxe inovações também às brochuras que continuam alimentando a imaginação romântica das meninas de 15, 30 ou 60 anos de idade. É o que ocorre com *Tormenta de Suspiros*, *O Jogo da Vida* e *Amigos e Amantes*, apenas para citar os exemplos menos obscuros. Com um pouco de sorte, todos podem ser encontrados num sebo perto de você.

Mas não estamos aqui para falar desses "livrinhos" eternamente esnobados pela crítica. Estamos aqui para falar de *A Máscara Ridente*. O próprio caminho que o livro percorreu para chegar ao público valeria uma dissertação de mestrado com base em Foucault e Chartier. Em 2005, numa edição especial que apresentava dois romances num mesmo volume, Suzana Dornelles Machado usou a máscara de Susan Smith para aplicar uma espécie de golpe na editora com a qual trabalhava.

Para evitar constrangimentos com colegas de ofício, não citarei o nome da editora. Limito-me a referendar o título da obra, *Ciranda de Paixões*, cujos exemplares, hoje raríssimos, rapidamente atraíram a atenção dos colecionadores. Na primeira história, podemos acompanhar os caprichos da convencional Dorothy MacDonald, uma herdeira que tenta superar a traição do noivo enquanto corre para impedir um novo atentado terrorista em Nova York.

Até aí tudo bem, nada de novo no front. É que a "bomba" só explode na segunda história. Já na abertura de *A Máscara Ridente*, sentimos que o estilo da autora dá um pinote e vira tudo de cabeça para baixo. Nada mais de romantismo, nada mais de heroínas ingênuas, nada mais de esperanças em relação à pessoa amada. Somos apresentados a uma mulher de carne e osso que resolve dar uma guinada em sua vida. Ela tem 32 anos, nunca experimentou um orgasmo e acaba de admitir a si mesma que está infeliz no casamento.

É óbvio que a guinada tem a ver com sexo, e em certos momentos com sexo explícito, mas as coisas vão além. No universo onírico que você encontrará adiante, onde as fantasias se confundem com o próprio conceito de transgressão, não existe espaço para fetiches inocentes ou livres do perigo. Nada a ver com o masoquismo bem comportado que Anastásia descobre em *50 Tons de Cinza*. Para a protagonista de *A Máscara Ridente*, a segurança de ser guiada à beira do abismo soaria entediante. Ela precisa caminhar sozinha. Precisa pular e experimentar o medo e a excitação de um mundo sem regras em que tudo pode acontecer. É assim que pretende encontrar o gozo.

Diante disso, a primeira grande pergunta a ser feita é: como uma história tão oposta aos clichês da literatura cor-de-rosa chegou a ser impressa num volume intitulado *Ciranda de Paixões*? É de conhecimento geral que, ao perceber a mancada, a editora mandou recolher a edição, indício de que o texto chegou ao público por engano. Só tenho uma explicação para o inexplicável. Os editores dormiram no ponto. Visto que esses livros "para moças" são produzidos em escala praticamente industrial, é provável que os originais tenham sido avaliados com displicência, um mero passar de olhos sobre a tela do computador. Dali o texto foi para a revisão, a diagramação e a gráfica sem que passasse novamente pelo crivo de um responsável. Familiarizada com o processo, a autora decidiu arriscar.

Esse golpe de mestre — ou de sorte — nos leva à segunda grande pergunta: por que diabos ela fez isso? Por que não tentou publicar *A Máscara Ridente* em outro lugar (uma coleção erótica, por exemplo)? Por que insistiu em estampar uma trama tão perturbadora num formato consagrado pela trivialidade dos finais felizes?

Não tenho resposta para a pergunta. Talvez ela desejasse apenas chocar suas leitoras. Talvez quisesse dar uma lição nos editores que compravam suas histórias a preço de banana. Talvez quisesse mandar uma mensagem a alguém. Impossível saber. O fato é que, depois disso, a carreira de Susan Smith e de todos os outros pseudônimos chegou ao fim. Com o nome sujo no mercado, nunca mais vendeu uma história, nem para a editora da mancada e nem para as suas similares. Suzana Dornelles Machado seria internada numa clínica psiquiátrica e morreria dois anos depois. Era a principal suspeita de ter assassinado o marido.

Em seus últimos meses de vida, escreveu com o frenesi dos médiuns, não mais as historinhas bobas de antigamente, mas enredos inusitados em que protagonistas femininas se embrenham nas mais incríveis aventuras sexuais. Por uma coincidência típica do destino, coube a mim trazer ao público essa obra tardia. Graças a uma série de pesquisas sobre literatura de massa que venho desenvolvendo na Universidade de Blumenau, cheguei ao retiro da autora, onde descobri os originais que ela mais tarde me confiaria.

Conheci uma Suzana fisicamente abalada, com pouco ânimo para a conversa, o olhar sempre perdido na distância. Mesmo assim mantinha os traços que a caracterizavam como uma mulher atraente. Teriam suas histórias um teor de autobiografia? Sabe-se que, durante as investigações do assassinato do marido, os trajes descritos em *A Máscara Ridente* foram encontrados entre os pertences de Suzana. Isso quer dizer que a obra possui pontos de contato com a realidade, ou tudo não passou de uma grande viagem mental? Outra pergunta difícil de responder.

As vagas informações que obtive sobre a vida da autora inspiraram o meu romance *A Galeria Wilson*, onde *A Máscara Ridente* já aparece em fragmentos. Pouco antes da morte de Suzana, ficou decidido que o nosso grupo de pesquisa tomaria conta do seu espólio literário, e eu, na medida do possível, providenciaria a paulatina publicação dos seus inéditos. Nada mais correto, por isso, que começarmos de fato pelo começo dessa nova fase, *A Máscara Ridente*, o texto de ruptura por excelência, que merece leitura atenta em sua radicalização temática e especialmente em seus aspectos simbólicos.

Resta dizer que, a princípio, desejei usar o verdadeiro nome de Suzana nas capas dos livros. Mudei de ideia devido ao estado psicológico da autora. Na clínica, durante as visitas, a cada vez que eu ou algum dos bolsistas a chamava de Suzana, ela batia na cabeça, arregalava os olhos e gritava com uma dor capaz de afetar todos os presentes:

— Susan! Susan! Meu nome é Susan Smith!

Por maiores que fossem os problemas daquela pobre alma, é justo que respeitemos a sua "visão das coisas". Ela nunca conseguiu superar os transtornos de identidade, não por acaso um tema central em *A Máscara Ridente*.

Boa leitura!

Maicon Tenfen, escritor e professor de Literatura Brasileira

A Máscara Ridente

Estava sozinha no apartamento. Mesmo assim, tranquei-me no quarto para experimentar a máscara. Era uma peça branca e opaca, exceto nos lábios dourados e na lágrima desenhada sob o olho direito. Cobria toda a minha face e imitava os contrastes humanos em geral: enquanto uma parte do disfarce sorria, a outra chorava. Do alto das sobrancelhas cravejadas com falsos brilhantes, nasciam as plumas finíssimas que, ao menor movimento, balançavam como uma cauda de pavão. Foi bom me ver assim, mas tomei um susto quando sorri e a máscara continuou imóvel no espelho. Desviei o olhar para o décimo sétimo frasco, que continuava sobre a penteadeira. Como se quisesse desafiá-lo, tirei primeiro a blusa e os sapatos de salto médio, depois a camiseta e o sutiã, as calças, a calcinha, o relógio e a aliança. Escondida atrás da máscara, tive todo o tempo do mundo para avaliar a aparência da minha nudez: vamp ou angelical? Antes de decidir, percebi que era a mim que pertencia o corpo da mulher mascarada. Soltei uma gargalhada esdrúxula. Pela primeira vez me vi de verdade e tive condições de me encarar sem culpa.

Analisando os fatos em retrospecto, sou tentada a supor que nada aconteceu por acaso. Talvez estivesse escrito nas páginas de algum livro que em determinada manhã de outono, por uma razão indigna de lembrança, uma dona de casa abandonaria seu trajeto habitual apenas para encontrar a loja de fantasias. Seria atraída pela breguice da vitrine, torceria o nariz para a ausência de olhos nos manequins e para os ridículos trajes que exibiam, garçonete, freirinha, colegial, taxista, todas erotizadas e perdidas entre as personagens mais díspares, da Branca de Neve à Batgirl, da Pocahontas à Bela Adormecida, da Mulher Maravilha à Dorothy do Mágico de Oz.

Sofreria um choque — impossível evitá-lo! —, ela que nunca se interessou por fantasias. Ainda assim continuaria apreciando o espetáculo e passeando os olhos pela mulher-aranha, a odalisca e a fadinha fashion. Retrocederia até as enormes botas da pirata sexy e finalmente encontraria a máscara. No caos de leques, perucas, mantas, chapéus, corpetes e sapatilhas, escolheria a peça mais tosca e fora de contexto. Por quê? Esquecida no fundo da vitrine, a máscara faria com que a dona de casa amasse sua lágrima de ouro, seu sorriso de Monalisa e suas plumas aristocráticas. Depois de cinco minutos de

veneração, a mulher finalmente entraria na loja e perguntaria à vendedora o preço do utensílio.
— Está em promoção. Vou lá no depósito buscar o resto da fantasia pra senhora.
— Não precisa, só quero a máscara.
— Temo que não possa vendê-la sem as outras peças.
— Por que não? Ela estava sozinha na vitrine.
— Preciso consultar o nosso gerente, só que ele não se encontra no momento e eu não sei se...
— Tudo bem, pago pelo traje completo. Mas quero que embrulhe somente a máscara.

Correria então para casa, para frente do espelho, e tomaria a precaução de trancar a porta antes do ritual. Desafiaria o frasco de perfume, o último, ficaria nua do pescoço para baixo e, talvez por causa da voz abafada pelo material plástico, riria de um jeito que no princípio lhe pareceu vulgar. Aos poucos se sentiria à vontade em seu corpo, sairia do quarto e desfilaria pelo apartamento até se acostumar com os estranhos ruídos da satisfação.

Ao meio-dia, quando meu marido chegou, a máscara já estava escondida num lugar seguro. Ele entrou um pouco curvado e com ares de fadiga — "Essa empresa ainda me mata" —, mas não deixou de sorrir e dar um beijo no meu rosto. Jogou a pasta e o paletó em cima do sofá, abraçou-me e perguntou como foi minha manhã.

— Normal — menti. — E a sua?
— Também. Só os babacas da diretoria, que não largam do meu pé. Ou trago bons resultados da viagem, ou terei muita dor de cabeça pela frente. A mala está pronta?
— Quase — menti de novo. — Pensei que a viagem seria adiada.
— Mais uma mudança de planos. O avião sai às quatorze em ponto. Tenho que mastigar alguma coisa e correr para o aeroporto.

— Ai, querido, sinto muito.
— O que foi?
— Tive uma enxaqueca horrível hoje cedo e mal sobrou tempo de preparar uns congelados.
— Sem problema, não estou com muita fome mesmo. Só pensei ter ouvido que sua manhã foi normal.
— E foi.

O que mais me irrita nele é que nunca se dá por achado. Sentou-se e comeu as porcarias insossas que preparei. Senti vontade de me fechar no quarto e ficar pensando nos poderes que a máscara me oferecia. Aleguei dor de cabeça e falta de apetite, mas ele insistiu para que eu ficasse e lhe fizesse companhia, era óbvio que precisava descrever os planos e as expectativas da viagem. Mil coisas falou sobre o desejo de calar a boca dos recorrentes babacas da diretoria, citou dados estatísticos que nada significavam para mim, tinha certeza de que voltaria triunfante e, como duvidosa recompensa, chamaria a si o despeito reprimido de todos os seus colegas e subordinados.

Depois de alguns minutos, sua voz se converteu num balbucio monótono e indecifrável, o sorriso e os gestos de quem tem o absoluto controle da situação se tornaram ofensivos aos meus olhos, o modo como gesticulava com o garfo me encheu de asco e confusão. Não sei se fazia de propósito, mas sempre que se referia a seus objetivos e realizações, aos dividendos que trazia para casa — para cima da mesa, como gostava de enfatizar com dois tapinhas na madeira —, acabava me remetendo ao fundo da minha insignificância. Os resquícios de um poderoso sentimento de culpa estavam enganchados em cada falha e ranhura que existiam dentro de mim. Ouvia meu esposo por obrigação, eis o resultado, era o que me cabia, o que podia fazer por ele, por nós, mas ouvia sem ouvir, um dever mal cumprido. Balançava a cabeça e fingia interesse em seus planos cheios de grandeza. Enquanto isso, meu pensamento continuava a postos na frente do espelho. Não foi doloroso admitir que não havia mais nada entre nós. Complicado? Sim, complicado era o questionamento que volta e meia me encurralava: houve algum dia? Vivíamos um casamento de formalidades espartanas. Ele me beijava e me abraçava a cada vez que saía ou chegava, eu cuidava do apartamento e das nossas performances diante dos amigos e da vizinhança, alugávamos filmes nos fins de semana, trocávamos gentilezas retóricas no trato com o cotidiano e fazíamos sexo a cada dez ou quinze dias. Enfrentávamos visitas rotativas às casas de nossos pais, o Natal com meus parentes e a Páscoa com os dele ou vice-versa, às vezes viajávamos, raramente passeávamos no shopping ou frequentávamos o teatro. Dos nossos diálogos restaram os ruídos.

    Certa vez li que a atração entre um casal dura enquanto durarem as histórias e as experiências que podem trocar entre si. Mais uma razão para crer que sequer nascera aquilo que eu já aceitava moribundo. No princípio ele me falava de suas aventuras, do que viveu na infância e na adolescência, das antigas namoradas, procurava se engrandecer descrevendo o que elas tinham de sofisticado e encantador, depois pronunciava as frases covardes com que as desprezou, tudo num tom de bravata pueril, quase as mesmas palavras que recriavam suas façanhas na empresa. A cada semana trazia planos para o futuro próximo em que estaríamos aptos a ter um bebê, mas dificilmente se abria em seus medos e anseios legítimos, em suas fraquezas, cedo sucumbiu à contradição e se perdeu nas repetições mais bobas e entediantes.

De minha parte, nunca me senti à vontade para falar sobre o passado, mesmo sobre os fatos de que meu marido tinha conhecimento. Jamais tive condições de lhe dar uma explicação razoável a respeito dos sete frascos de perfume que vieram no meu enxoval. Perdi a conta de quantas vezes briguei com minha mãe por ela ter sugerido, em conversas casuais na sala de estar, que sete era um número intermediário. No princípio do meu tormento, uma história que não ficou clara nem mesmo para mim, havia dez frascos mais. Agora o décimo sétimo, o último, estava quase chegando ao fim. Eu precisava terminá-lo sem trapaças ou desperdícios, gota a gota, porque sabia que assim faria algo mudar em minha vida.

Apesar desse desconforto, também falei de meus namorados, falei a pedido dele, fazia parte da construção do nosso relacionamento, mas não me lembro de alguma vez ter falado com sinceridade, uma campainha soava no meu cérebro antes que algum sorriso se formasse com a ajuda de certas recordações. Não sou tão ingênua a ponto de imaginar que poderia reviver o passado com a mesma displicência do meu marido. Ele só queria que eu relatasse meus amores esquecidos para se convencer de sua suposta superioridade. Devido a uma intuição gerada nessas circunstâncias, passei a minimizar o meu protagonismo também em outros assuntos. Em certos casos (como pude fazer isso, meu Deus?) cheguei a aniquilar muitos dos papéis que desempenhei ao longo da vida.

Por exemplo: a principal das minhas histórias — acabei de completar 32 anos e nunca tive um orgasmo — sempre ficou escondida ou contada pela metade.

Meu marido pretendia morar numa casa, de preferência nas imediações da cidade, mas quando nos casamos fiz questão de que comprássemos um apartamento no centro. Ele aceitou depois de uma breve relutância. "O que quero é ficar com você", disse por fim, "não importa onde". Graças a suas economias e a um dinheiro que meu pai deixou, mobiliamos nosso lar com paciência e bom gosto, em especial nosso quarto, "nosso ninho de amor". Sobre a cama quadrada, entre o espelho e a janela que se abria para um horizonte amplo e cheio de possibilidades, passamos boa parte dos nossos primeiros meses de casamento.

Três, quatro, cinco vezes ao dia, tudo era pretexto para fazermos amor. Ele me abraçava com afeto, beijava meu corpo e meus pés, minha boca, fazia das minhas entranhas uma fogueira que, pelo menos no princípio, estava pronta para queimar. Às vezes professoral, simulando uma experiência que não possuía, inventava brincadeiras e sugeria novas formas de amar. Quando gozava, geralmente banhado em suor, deixava que todo o seu corpo estremecesse, um vira-lata sacudindo o pelo. Eu ria com isso, me lembrava da minha infância, do tempo em que passava as férias na casa dos meus avós e observava os bichos no quintal. Os galos sempre faziam a mesma coisa depois que saíam de cima das galinhas.

— Meu galinho garnisé — eu sussurrava, terna, e dormíamos abraçados.

Não devo dizer que já me sentisse infeliz nessa época. Não era isso. Acho que só tomei consciência da minha desgraça com o imprevisto que alterou uma paisagem íntima do meu ser. Construíram um prédio quase colado ao nosso, a menos de dois metros da minha janela. Com uma tristeza que não raro se convertia em lágrimas, fui obrigada a acompanhar a forma covarde com que os operários levantaram o paredão cego e indiferente aos meus tormentos. Tijolo a tijolo, vi a muralha crescer e roubar de mim o céu azul, o sol da tarde, o futuro até então desenhado na amplidão do horizonte. Obstruído o vento que purificava nossa rotina, o mundo diminuiu em tamanho e significado.

  Não tive a audácia de sugerir que nos mudássemos, pelo menos não nos próximos dez anos, quando enfim quitaríamos a última prestação do imóvel. Pelo que pude perceber, ele não se dava conta de que acabáramos de ser sepultados vivos.

Mesmo sob as sombras que nos maltratavam, continuou sorrindo e me arrastando para a cama quadrada e agora cinzenta, onde arfava e porejava e se chacoalhava inteiro depois de ejacular. Pensei que fosse possível me realizar apenas com a vida que levava fora do quarto. Se ele estivesse satisfeito, eu também estaria, não é assim que as coisas funcionam? Não, lógico que não, só se fosse num conto de fadas. Soube disso a partir do momento em que tive a dignidade de reconhecer o óbvio: tudo que me faltava se tornou essencial.

"Mas ela não sabe gritar", pensei sobre mim mesma, talvez porque temesse que ninguém estaria interessado em me ouvir. Nos meus piores dias, cheguei a sonhar que era uma latrina, um ralo de esgoto, um reservatório de esperma. Ele largava o peso do corpo em cima de mim, segurava meus braços como se temesse uma fuga, me penetrava e me golpeava no mesmo ritmo dos seus gemidos ridículos, revirava os olhos e deixava que um suor azedo pingasse nos meus lábios. Ainda que só houvesse faíscas e nunca a explosão, eu também revirava os olhos e fingia com os mesmos gemidos tolos e teatrais. Por que fiz isso por tanto tempo?

Na noite em que abri o último frasco, meu marido me abraçou por trás, começou a mordiscar meu pescoço e, apesar de todos os protestos, deu um jeito de me levar para a cama. Sem que eu esperasse, todavia, alguma coisa se moveu dentro de mim. Senti uma dorzinha quente aqui embaixo, um certo conforto muscular, poderia acontecer, eu sei, estava acontecendo, havia um ponto para o qual me dirigir, um ponto distante e ainda obscuro, mas visível, real, concreto, bastava correr ao seu encontro, não, bastava deslizar, deixar que o momento me conduzisse ao êxtase.

Então, sem mais, ele estremeceu, convulso, soltou um gemido e se deixou cair ao meu lado. Com os olhos fechados e um riso bobo nos lábios, continuou gemendo, longa e bestialmente, até se virar para o criado-mudo e pegar o maço de cigarros. Tive vontade de matá-lo. Ao sentir a gosma pegajosa que escorria por minhas pernas, corri para o banheiro e liguei a ducha. Eu queria água, queria me lavar, mas me lavar profundamente, purificar tudo em meu interior, o útero, o estômago, a alma.

Até nisso fracassei. Por causa do nó que meu marido deu na mangueira, escassas gotículas escapavam pelos orifícios do chuveirinho. Gritei, agora sim descontrolada, e fiz o que pude para desenganchar o nó, quebrei uma unha e, como louca, fiquei um tempo mordendo o cano de plástico. Saí do banheiro nua, pingando, fui até a cozinha buscar minha faca mais afiada. Voltei pisando duro no chão escorregadio — por pouco não caio com a lâmina nas mãos — e novamente me refugiei sob os jatos da ducha barulhenta. Entre raiva e mal-estar, entre a água que caía com força, me entreguei à tarefa de cortar a mangueira na parte anterior ao nó.

— Querida? — meu marido, na porta. — O que aconteceu?

Continuei xingando e cortando o material sintético, a faca venenosa a milímetros dos meus dedos e das minhas veias. Quando encerrei a tarefa,

trouxe o cano na direção desejada — Deus, como eu precisava me lavar! —, mas agora ele estava muito curto e, devido ao puxão, acabou se desprendendo da ducha. As dezenas de jorrinhos se converteram num jorro maior e volumoso, gelado, que passou a açoitar os azulejos com uma lamúria de desilusão.
— O que aconteceu? — repetia o tonto, sem parar.
Plantado na porta, não se atrevia a dar um passo que fosse, nem para frente nem para trás. Nunca o vi tão confuso. E foi assim, pela perplexidade dele, que pude enfim perceber o despropósito do meu estado. O que pensar de uma mulher que chora e segura uma faca debaixo do chuveiro? Graças à ausência das minhas palavras, ele criou coragem e se aproximou.
— Querida...
— Fique longe de mim!
— Mas o que...
— Vai embora! Vai embora!
— Pelo amor de Deus, amor, diga o que aconteceu.
— O que aconteceu? Ora, o quê! O que não aconteceu! O que não acontece nunca!
— Essa faca, meu bem, cuidado. Você pode se machucar.
— Eu não consigo chegar lá!
Paramos num silêncio imediato. O barulho da água continuava ecoando entre nós. Deixei a faca cair pelo próprio peso e baixei a guarda como quem se arrepende do que fez. Fundo e interrogativo, ele não parava de olhar para mim. Logo que entendeu o significado de tudo aquilo, tentou encontrar uma

outra interpretação para o que eu acabara de dizer. Antes tivesse lhe enfiado a faca no pescoço.

— Mas, querida... eu sempre pensei que... que...

— Não — respondi esgotada. — Estamos casados há anos, mas até hoje eu não consegui.

Lavei-me como pude, apanhei uma toalha e caminhei para o quarto. Deitei-me e tentei esquecer que estava viva. Ele permaneceu preso à porta do banheiro. Depois de um longo tempo, lembrou-se de fechar a ducha e recolher a faca. Secou o piso antes de vir até mim. Sentou-se na cama e, com dedos instáveis, tocou meus cabelos.

— Quero ficar sozinha.
— Meu bem...
— Por favor.

Não insistiu. Foi para a sala, onde tínhamos o computador, conectou-se à internet e lá permaneceu por toda a noite. Quando acordei, no dia seguinte, percebi que ele não havia saído para o trabalho. Pelo que pude ouvir, ainda navegava na internet, digitava com velocidade e imprimia páginas e mais páginas — do quê? Eu tinha fome, senti vontade de levantar e fazer café, de ir até a sala conversar com ele, mas me faltou coragem. Protegida sob os cobertores, decidi que era ali que deveria ficar. Às dez horas ele entrou no quarto. Entregou-me um calhamaço de tudo que imprimiu durante a noite, calculei umas duzentas folhas.

— Leia isso, por favor. À noite voltaremos a conversar. — Pausa. — Te amo, tá?

Vestiu-se e enfim deixou o apartamento.

Com alguma hesitação, verifiquei o calhamaço. Naquele instante inicial, não saberia dizer se senti vontade de sorrir, grata, ou de jogar tudo pela janela. "Quero ajudar a resolver seu problema", escreveu a mão, no alto da primeira página. Nas outras, em todas as outras, havia centenas de informações sobre a anatomia e a sexualidade das mulheres. "Orgasmo feminino" — era o título de uma das matérias — "você tem esse direito!"
E lá vinha a mesma lenga-lenga de sempre, que as mulheres vivem num beco sem saída, que o patriarcalismo se vingou de tudo que nossas avós fizeram para revolucionar os costumes, que agora, nos tempos modernos, além de cozinhar, limpar, lavar, passar e educar as crianças, súbito nos vimos na incumbência de ter uma carreira profissional e — por causa disso? — gozar. Sim, gozar também

é nosso dever. Injusto, óbvio, mas já que as coisas seguem nesse passo, por que não encarar a situação com espírito esportivo e aproveitar ao máximo?

Era o preâmbulo de um receituário numérico, pois em seguida encontrei mil e uma dicas para chegar ao clímax, sete dúvidas sobre os estímulos vaginais e mais sete sobre os clitorianos, dez motivos para toda mulher se masturbar, três macetes para você descobrir o seu ponto G e assim por diante. Isso sem falar na obrigação de comemorarmos a hora semanal do prazer, na nossa predisposição biológica para o gozo e na agradável afirmação de que só as mulheres estão preparadas para um êxtase cósmico. Tudo ancorado nas opiniões de médicos e psicólogos de nomeada. "Às contrações circunvaginais dá-se o nome de orgasmo feminino, fenômeno complexo que não apresenta apenas um padrão. A mulher pode capitanear um único e intenso orgasmo, vários orgasmos contínuos de menor intensidade ou até mesmo uma união dessas duas variantes".

Adiante, num fórum sobre o tema, alguém queria saber se era verdadeira a tese de que uma porcentagem das mulheres jamais chegaria ao prazer. Gelei. Sorte que a especialista respondeu com cautela, explicava que todas são biologicamente capazes, mas algumas — eu entre elas? — acabavam se acostumando a viver sem isso. Pra fechar com chave de ouro, meu marido encontrou inúmeros guias do orgasmo perfeito, dos mais científicos aos mais vulgares, muitos com exercícios práticos. Na hora do banho, enfie o indicador na vagina e faça uma contração (aperte) com força. Dois minutos por sessão durante noventa dias e você começará a notar os resultados. Ai, querido, como se eu não houvesse lido toda essa baboseira antes! Deixei o calhamaço de lado e me escondi debaixo do cobertor. Ele voltou à noite, um pouco mais tarde que o normal. Senti em seu hálito um teor alcoólico, mas nada perguntei porque sequer tive oportunidade. Em vez de levarmos a conversa que prometeu, começou a me beijar e me apertar com uma fúria que beirava o desespero. Esfregava-se em mim, fossava meu pescoço, minha nuca, mordia meus lábios e, com a língua quente, enchia meus ouvidos de saliva.

— Devagar — eu dizia. — Assim você me machuca.

Parecia surdo, um animal à mercê dos instintos. Levantou minha blusa e se pôs a chupar os meus seios, mas com tanta ânsia que, antes de prazer, senti dor e desconforto. Como se quisesse me quebrar ao meio, me arrastou para a cama e arrancou o resto da minha roupa. Era quase uma agressão. Embora sentisse nojo e não entendesse exatamente o que ele pretendia com aquilo, não tive condições de impedir que continuasse. Também deve ter lido alguma coisa, pois quebrou sua pressa habitual nas preliminares e ficou um longo tempo massageando — ou melhor, amassando — o meu clitóris. Sei que a maioria das mulheres se deleita com isso, mas o máximo que sinto é vontade de fazer xixi.

Claro que foi um fracasso, fiquei ainda mais distante dessa coisa opressiva que resolveram chamar de orgasmo, e meu marido, não pude deixar de perceber, nem ao menos manteve o seu costume de estremecer no final. Não bastasse o infortúnio que me cercava, a ele transferi minhas frustrações. Por que fui dar com a língua nos dentes? Por que não fiquei quieta no meu canto? Tudo piorou na nossa cama. Não sei de onde ele tirou a ideia de que me conduziria ao clímax se agisse como um bruto. Quase todos os dias me atacava raivoso, como naquela primeira noite, parecia que estava numa luta e não numa relação sexual. Adiava o gozo ao máximo, fazia seu corpo dar solavancos sobre o meu, suava, me molhava inteira e grunhia, impaciente, "vamos, vamos", mas nada disso me ajudava, ao contrário, eu ficava pouco à vontade e sentia culpa por ter criado essa situação. Sempre que terminava, passou a beijar o lóbulo da minha orelha e sussurrar:

— Conseguiu?

Eu baixava os olhos e torcia os lábios, uma forma transversa de dizer não, e ele respirava fundo, a cada semana mais inquieto, estalava a língua para enviar um grave veredito à minha imperícia amorosa, à minha frigidez, vai ver até a meus defeitos anatômicos. Acho que resolveu atuar na defensiva porque não quis assumir suas responsabilidades de amante.

Um dia estourou:

— Mas que droga! Você leu os textos que imprimi?

— Já disse que sim.

— E então?

— Eu não consigo, meu bem, desculpe.

— Ao menos sente alguma coisa?

— Sinto.
— O quê?
— É difícil explicar. É como um espirro, sabe? Tenho vontade de soltar um espirro, um espirro longo e agradável, que me deixaria mais do que aliviada, mas ele não chega nunca, sinto cócegas no nariz, cócegas fortes, só que tudo termina antes da explosão e eu volto à estaca zero.
— Você precisa se ajudar. Não posso fazer tudo sozinho.
— Eu sei.
— Olhe para a luz, meu bem, a luz no fim do túnel. Não é isso que a gente faz quando não consegue espirrar?

A partir dessa conversa, começou a murmurar no meu ouvido, ou gritar enquanto transávamos, que eu devia olhar direto para a luz, sem acanhamento, sem medo de ser feliz. Coisa irritante! Com o tempo, felizmente, nossas relações se tornaram mais espaçadas e meu marido perdeu parte de sua agressividade. Aos poucos dava-se por vencido, mas assumiu um desânimo rebarbativo que se transformou em desconfiança.

Viajava muito por causa da empresa. Certa vez, tendo dito que voltaria na sexta-feira, voltou na quinta, soturno, e entrou no apartamento de surpresa, com o auxílio de uma chave reserva. Afora o susto, que inclusive me fez gritar e quase desmaiar, feriu-me a puerilidade do ato, o método baixo com que planejou me testar, com que procurou verificar se eu estava buscando em outro o que não conseguia encontrar nele. Fiquei um tempo sem responder suas perguntas e ceder a suas desculpas acompanhadas de flores e chocolates gordurosos. O pior é que, depois disso, instigada talvez por esse ciúme sem cabimento, deixei-me pensar em outros homens. Esse tipo de pensamento sempre passou por minha cabeça, lógico, mas não com a mesma insistência de então. Astros da TV, antigos namorados, vizinhos, colegas do meu esposo, maridos das minhas amigas, fantasiei com muita gente, e isso era gostoso. O problema — ou a solução — é que eu sabia muito bem que as fantasias só são inofensivas enquanto tais, não devem se concretizar sob pena de se converterem em desastre ou mesmo tragédia.

Era estimulante imaginar o que teria acontecido se eu tivesse casado com fulano ou beltrano — com o Thiago, por exemplo —, como seria beijar o rapaz que cuida do estacionamento ou me insinuar para o professor de aeróbica, mas meus preconceitos me davam uma impressão por demais catastrófica do adultério. Se eu ao menos pudesse conhecer outro homem e permanecer anônima para ele... Imaginei procurar alguém na internet, cheguei mesmo a participar de algumas salas de bate-papo, mas a simples ideia de que seria obrigada a revelar quem sou se quisesse levar a maluquice adiante me encheu de temor. "Só as prostitutas são felizes", li em alguma parte. "São as únicas que podem entregar o corpo e preservar a alma."

Embora com menos frequência e brutalidade, meu marido continuou repetindo que eu deveria olhar para a luz no fim do túnel. Por que não parava com essa idiotice? Para poupar ambos das sessões eróticas que a cada dia se assemelhavam mais a aulas de ginástica localizada, resolvi mentir e fazer com que tudo voltasse a ser como antes. Tão logo tomei a decisão, pedi que me despisse, na sala mesmo, me beijasse e me penetrasse da forma mais carinhosa possível. Tirei de mim os melhores gemidos — nada muito exagerado, para evitar suspeitas —, guiei os movimentos dele com duas dúzias de "isso, isso" e "assim, assim" e gritei, mas gritei como quem procura sufocar o grito, ao sentir que ele se aproximava do fim.

— Conseguiu? — disse, incrédulo.
— Acho que sim. Foi maravilhoso.
— Não precisa mentir pra mim.
— Sério. Consegui de verdade. É exatamente como eu imaginava que seria.
— Mas como isso é possível? Olhou para a luz?
— Não — ri (de raiva). — Isso não estava dando certo.
— Então o que houve?
— Não percebeu? Você precisa ser mais carinhoso, só isso.
— Só isso?
— E a posição, claro. Tem que me pegar assim, desse jeitinho. Aí eu consigo.

Desse jeitinho... Na verdade, era uma posição em que eu podia esconder o rosto e evitar que me flagrasse em pleno fingimento. Acho que só acreditou por comodismo. As batalhas para desencavar meu orgasmo o haviam deixado mais exausto do que eu. Salvo um período inicial em que fez questão de que recuperássemos o tempo perdido, nossas relações se tornaram cada vez mais raras e sem graça. Mal ele gozava e estremecia como antigamente, eu abria a gaveta do criado-mudo e apanhava duas toalhinhas. Dava a primeira a ele, que se limpava sem maiores cuidados, e usava a segunda para remover a secreção viscosa que lambuzava minha vagina e às vezes minhas pernas. Sempre que cumpríamos esse estranho ritual, eu sorria por fora e gritava por dentro. Com o passar dos dias, meses e anos, uma interrogação criava raízes e se fortalecia em minha mente: como é ter um orgasmo de verdade?

— Delicioso! — disse meu marido, limpando a boca com o guardanapo de pano.

— Delicioso o quê?

— O almoço. Para uns congelados feitos em cima da hora, isso está mais do que bom.

Assim é a vida. Você nasce, cresce, vai para a escola, completa quinze anos, arranja namorados, entra na faculdade, recebe um diploma que não servirá para nada, troca alianças com algum desconhecido, sonha, frustra-se, lamenta e, de repente, sem a menor chance de voltar atrás, acorda diante de um homem que adora falar de si mesmo e é totalmente cego às suas angústias e desilusões. Sem se dar conta da minha distração, ele afastou o prato e continuou justificando a importância de ser agressivo nos negócios. Traria bons resultados da viagem, tinha certeza. Os babacas da diretoria não perdiam por esperar.

— Sua mala! — exclamei.

— Como?

— Preciso arrumar sua mala. Não temos muito tempo.

Quando pulei da cadeira, percebi que ele ficou desconcertado por ser interrompido no meio de um discurso. Não nego que senti uma certa satisfação com isso, mesmo assim pedi desculpas, caminhei para o quarto dizendo que ele podia continuar falando, eu estaria ouvindo enquanto preparava as roupas.

— Já falei demais por hoje — brincou. — Vou escovar os dentes.

Separei duas calças e duas camisas, um pijama, meias e cuecas além do necessário. Pedi que trouxesse os utensílios de higiene pessoal, mas ele já se encontrava no quarto, me agarrou por trás, como sempre, começou a bafejar na minha orelha e a garantir que havia tempo para cairmos na cama antes da viagem.

— Só se quiser perder o voo.
— Vai ser rapidinho, prometo.
— Olha a hora, querido, você está atrasado.

Insistiu, claro, mas por simples formalidade. Ambos sabíamos que nossa vida era um eterno protocolo. Às vezes eu planejava ceder a cada ocasião que ele fingia me seduzir, só para ver até quando a farsa duraria. Além de estar exausta, porém, não desejava que ele ficasse em casa naquela noite. Embora não tivesse condições de admitir para mim mesma, algo em meu íntimo já sabia o que aconteceria depois que ficasse sozinha.

Terminei de preparar a mala e acompanhei meu marido até o elevador.

— Tome cuidado, querido.
— Deixa comigo.
— Quer que eu leve você com meu carro?
— Melhor usar o meu. Vou deixá-lo no estacionamento do aeroporto. Assim fica mais fácil quando eu voltar.

Estava viajando com mais frequência nos últimos meses. Ficava pouco tempo fora, uma noite, duas no máximo. Imaginei que tivesse outra mulher, que se aproveitasse dos compromissos fora da cidade para se encontrar com amantes ou mesmo prostitutas. Assim como eu não me sentia à vontade com o corpo dele, nada estranho se, apesar das encenações, também não se sentisse à vontade com o meu. Nunca me deu motivos para suspeita, mas era um ser humano e, como tal, estava propenso a toda sorte de tentações.

Lembro uma noite em que voltávamos de um jantar na casa de amigos. Passamos na Rua Santiago, na parte mais antiga da cidade, um lugar cheio de garotos e garotas de programa. Pensei que fosse ficar em silêncio ou fazer alguma piada sobre todas aquelas pessoas em exposição. Em vez disso, falso moralista, soltou um "pouca vergonha, por que não arranjam um emprego?" no mesmo instante em que desviava os olhos da estrada para observar uma criatura que não consegui identificar como homem ou mulher.

— Volto amanhã, se tudo correr bem.
— Tá bom.
— Não se esqueça de trancar a porta. Vai ficar numa boa?
— Já estou me acostumando a dormir sozinha.
— Ah, meu doce, não diga isso! — Aproximou-se e me abraçou como se eu fosse uma criança. — Ligue se precisar de qualquer coisa, tá?
— Você também.

Beijou-me e desapareceu. Tranquei a porta conforme as recomendações e voltei para o quarto. Tirei a máscara do esconderijo. Com a respiração suspensa, sentei-me na cama e fiquei uns minutos a admirá-la. Era como se tivesse vida, como se sua brancura lisa e opaca, seus lábios dourados e suas plumas negras pudessem contar segredos que só eu seria capaz de compreender. Ela me dava força, me mostrava quem de fato sou. Repetindo o que já considerava um rito, escondi minha face atrás da máscara e me senti corajosa o bastante para tirar a roupa, peça por peça. Antes de me aproximar do espelho, entretanto, dei de cara com o frasco de perfume, o último, que me fez recuar e voltar para meu assento. Desviei os olhos e suspirei. O objeto, ao contrário, não se mexia nem parava de me fitar. Estava na hora de enfrentá-lo, de vencê-lo, mesmo que isso doesse em minhas vísceras.

O frasco começou a me assombrar no dia em que completei quinze anos. Não devo dizer que tive uma adolescência problemática, seria uma injustiça com meus pais e comigo mesma, mas houve um episódio, um desastroso episódio na minha festa de aniversário, que me condenou ao vexame de toda uma vida. Muito antes de chegar à oitava série, aprendi a me ver como uma criatura deslocada no mundo de amizades e descobertas que me cercava. Ao mesmo tempo em que queria frequentar as festinhas do pessoal da escola, morria de medo de dar mancada e ficar pelos cantos, o que de fato ocorreu nas poucas vezes que tentei me enturmar. Nada mais natural, portanto, que renunciar ao constrangimento de ter uma dispendiosa e badalada festa de quinze anos.

— Será que ouvi direito? — gritou minha mãe.

— Qualquer garota da sua idade daria um rim por uma chance dessas.

— Eu sei, mãe. Eu só acho que...

— Acha nada, sua tonta! Espere só até seu pai saber disso.

Ao contrário do que eu imaginava, meu pai não demonstrou o menor abalo diante da minha indisposição social. Apenas sorriu, sentou-se e se propôs a conversar. Lembro-me bem de suas mãos grandes, dos braços fortes, do semblante impetuoso, ainda impetuoso apesar da calvície que se iniciava. Minha mãe vivia reclamando que as mulheres não paravam de dar em cima dele.

— Ah, filha — disse, teatral. — Você é nossa maior riqueza. É a orquídea secreta do nosso jardim.

Orquídea secreta?, pensei com espanto.

— A garagem está indo bem — prosseguiu ele, referindo-se a sua revenda de automóveis. — Sei que você não quis participar do baile de debutantes porque é uma menina responsável e se preocupa com a situação aqui de casa. Mas a festa de quinze anos, dos seus quinze anos, um momento especial para você e para nós, não existe motivo para recusar. Eu e sua mãe podemos lhe oferecer esse presente. Todo o nosso trabalho, todos os nossos esforços, tudo que nós fazemos — você sabe, filha — é para você.

Era um homem persuasivo, o que devia aumentar a preocupação da minha mãe com as outras mulheres. Concordei com a ideia da festa em cinco minutos de conversa. Conversa! Na verdade foi um monólogo. Pensei em me abrir e dizer que tinha vergonha dessas coisas, que passava por dificuldades de relacionamento com meus colegas, uma festa de parar o trânsito não fazia o menor sentido na minha cabeça, não passava de desperdício de dinheiro. Entretanto me faltou coragem de perturbá-los com minha insegurança, não quis decepcionar meu pai, que sorria como quem é capaz de fazer qualquer coisa por mim, e muito menos minha mãe, que me vigiava com olhos de inquisição. Ah, se eu soubesse da armadilha que me aguardava! Não quero julgar meu pai, que anos depois morreria num acidente de trânsito, mas hoje me parece claro que uma orquídea não vale muito enquanto decora a ala deserta do jardim. É preciso levá-la para a feira, exibi-la, angariar prêmios, fazê-la sorrir e vicejar. Só que isso não é o mais importante. O mais importante é mostrar para os vizinhos a prosperidade do orquidário.

Eu não esperava o frenesi que tomou conta do colégio quando souberam que a Kilimanjaro, única danceteria da cidade, seria alugada para sediar a festa. De um momento a outro, passei a ser o centro das atenções e das conversas que avançavam pelos corredores e se espalhavam pelo pátio na hora do recreio. "Quem me dera estar no seu lugar", diziam as meninas, de bobeira, e me assediavam com todo tipo de perguntas a respeito dos preparativos do evento, segundo elas o "aniversário do século", perguntas que no mais das vezes eu não fazia a menor ideia de como responder. Havia as invejosas, óbvio, que torciam o nariz e viravam a cara para mim, mas isso não me atingia porque o melhor da nossa sociedade estudantil, por assim dizer, não parava de me bajular.

Carla, Patrícia e Leandra, por exemplo, o famoso Trio Moranguinho, tomaram conta de mim e da própria festa. Chamavam as três assim — eu inclusive, pelas costas — em referência à boneca de sucesso. Ainda que não passassem de três entojadas que adoravam empinar os narizes, muitas garotas da classe recorriam ao apelido pelo simples fato de não serem aceitas no grupo. Graças a meu aniversário, tornei-me a quarta Moranguinho, a D'Artagnan da turma, não tão entojada e de nariz empinado, mas satisfeita por experimentar a alegria de pertencer ao time. Em menos de dois dias me apaixonei pela situação e pelo meu próprio ego. "Sou mesmo uma orquídea secreta", cheguei a pensar. "Agora o meu lugar é na feira!" Tola, imaginei que minha vida mudaria a partir de então. E mudou, na verdade. Pena que não do modo como sonhei.

Minha mãe me incentivou a convidar quem bem entendesse, desde que todos os meus colegas de classe fossem incluídos numa lista que não deveria ultrapassar duzentos nomes. Por mim tudo bem, respondi, mas devido à influência do Trio Moranguinho, que me levou às nuvens e agora cobrava os dividendos da boa ação, não tive condições de atender a exigência. Carla, Patrícia e Leandra davam palpites em tudo, na decoração da danceteria, na seleção musical e no meu vestido, afirmavam que não poupariam esforços para me ver brilhar. Cega de vaidade, mal percebi que havia me transformado numa marionete das espertalhonas. Lógico que estavam mais interessadas na lista de convidados, a principal peça de toda aquela história. Com uma caneta vermelha, começaram a excluir todos os que consideravam chatos e indignos de mim. Fui fraca, confesso. O máximo que consegui foi lembrá-las da recomendação da minha mãe. Ficaria chato se eu não convidasse o pessoal da classe.

— Deixa de ser boba — riram. — Como é que sua mãe vai saber quem é da nossa sala?

— Já escrevi numa folha os nomes de todos. E mostrei pra ela.

— Duvido que vá se lembrar de tanta gente. Que é isso, menina? Vai encher sua festa com essa gentalha?

Dos trinta e dois estudantes da turma, acabei concordando em riscar dezessete. A maioria ficou de fora graças à perseguição do Trio. Fizeram questão de excluir as meninas alinhadas a grupos rivais, os que tinham procedência agrícola e os que consideravam feios ou sem graça. (Reservaram gargalhadas especiais à pobre Edna, apelidada Madame Min porque achavam que a coitada era sósia daquela bruxa das histórias em quadrinhos). Fui conivente, não posso negar, cheguei a fazer parte da zombaria e, num determinado instante, senti-me à vontade para excluir meus próprios desafetos — o Haroldo Machado e o primo dele, um tal de Fabiano —, afinal eu tinha direito de opinar sobre minha própria lista.

Fiz isso porque sentia nojo dos dois. Algum tempo antes, numa segunda-feira de inverno, chegamos ao colégio e encontramos vários montinhos de fezes humanas no pátio. Pouco demorou para que todo mundo começasse a acusar os primos, que se defendiam xingando e até mesmo cuspindo nos demais. O diretor gritou muito até que os alunos se acalmassem e se organizassem em filas. Um servente removeu a sujeira e, embora os professores insistissem em dizer que aquilo era obra de vândalos que não estudavam na escola, os dois é que ficaram como autores da extravagância. Com o passar dos dias, o fato trouxe prestígio a Haroldo Machado, mais falador que o primo, e o transformou numa espécie de herói subversivo da nossa geração.

— E o Thiago? — disse alguém do Trio. — Vamos deixar o Thiago na lista?

A maior das minhas fraquezas! Estaria perdida se suspeitassem que eu nutria uma absurda paixão pelo Thiago, paixão revelada apenas às páginas mais tolas do meu diário. Estranho como me interessei por ele desde o dia em que foi transferido para nossa sala. Não era feio, nem bonito, era diferente, sei lá, original, usava gel no cabelo e jogava vôlei como ninguém. Pensei que fosse uma alma gêmea porque também não pertencia a nenhum grupo — a nenhuma "panela", como dizíamos — e talvez por isso evitasse agir como os outros rapazes. Nunca ouvi palavras chulas de sua boca, palavras que só queriam escandalizar e chamar atenção, e suspeito que foi o único menino da turma que não puxou o elástico do meu sutiã durante as aulas de Educação Física. Tentei me aproximar, mas fui tão acanhada — e burra! — que ele não teve condições de perceber meu interesse.

Em algum momento intuí que não era o tímido pintado por minha imaginação. Senti medo e recuei. Eu não me enturmava porque não conseguia; ele, acho, porque não queria. Torci para que fosse igual a mim, em especial depois da minha festa fracassada, desejei que se tornasse fútil como os outros, que se metesse a dizer palavrões e a desrespeitar as meninas tão logo integrasse alguma ganguezinha de playboys. Que eu saiba, isso nunca aconteceu. Senti-me mais fraca e desmoralizada, distante dos seus olhos e da sua atenção.

— Pra que implicar com o Thiago? — desconversei. — É um coitadinho, nunca fez mal a ninguém.

— Isso é verdade — disse Carla.

— Mas ele é meio esquisito — disse Patrícia. — Nunca repararam como se veste? E o gel, meu Deus do céu, o que é aquilo?

— Ah, deixa pra lá — disse Leandra. — A lista já está do jeito que a gente quer.

Do jeito que a gente quer! Somente na noite da festa, quando era tarde demais, pude entender o real significado dessas palavras. Agora não recordo como, mas de alguma maneira as três me convenceram a deixar a lista com elas. Pelas minhas costas, nomes continuaram sendo riscados e acrescentados ao deus-dará, gente de dentro e de fora do colégio foi convidada e desconvidada conforme a vontade do Trio. Dos duzentos nomes originalmente sugeridos por mim e meus pais, suspeito que não sobraram mais de trinta ou quarenta.

Alheia a tudo isso, preocupei-me com os outros detalhes da festa. Graças às longas conversas que tive com Carla, Patrícia e Leandra, agora eu possuía opiniões certeiras sobre a cor e o estilo do meu vestido. Haveria damas de honra — de honra, pode coisa mais cafona? —, bolo de três andares e valsa de Strauss na abertura do baile. Lógico que eu sonhava dançar com o Thiago, mesmo que isso fosse impossível. Segundo minhas conselheiras, daria na vista se a aniversariante quebrasse a tradição de conceder a primeira dança ao pai ou, em falta deste, a algum padrinho de crisma ou batizado. Tudo bem. Mil valsas dancei em pensamento, e os mesmos sorrisos que destinei ao Thiago escapavam direto para os olhos da minha mãe.

— Até que enfim essa menina desembestou — dizia ela, com as mãos para o céu. Mal podia crer no giro de cento e oitenta graus do meu comportamento. E meu pai, por sua vez, não largava o telefone. O aluguel da danceteria, os garçons e o pessoal da segurança, comida e bebida suficientes para duas centenas de pessoas, nada poderia falhar na hora agá. Os dois não paravam de trocar olhares de cumplicidade. Acho que estavam felizes comigo.

Claro que esse clima não duraria para sempre. Meu reino começou a desabar no dia seguinte ao da entrega dos convites. Logo cedo, ao chegar ao colégio, percebi que muitos me lançavam caretas de reprovação. Num intervalo entre as aulas, o Haroldo Machado se aproximou da minha carteira e, sem mais nem menos, perguntou que mal havia feito para mim.

— Mal? — tentei ganhar tempo.

— É, mal. Alguma vez ofendi você?

— Que papo é esse, Haroldo?

— Quero saber se alguma vez falei ou fiz alguma coisa que te deixou chateada, se te empurrei na hora da fila ou nas aulas de Educação Física, se puxei o elástico do seu sutiã com muita força, se fiz isso em horários impróprios ou com uma insistência fora do comum.

Era alguma brincadeira? Provável que não. Ele falava com uma espécie de convicção moral.

— Não — respondi. — Que eu me lembre, não.

— Então por que me deixou de fora da sua festa?

Senti uma fogueira se acender no estômago e subir para queimar o meu rosto desamparado. Como se estivesse assistindo à cena, pude ver minhas bochechas se encherem de um sangue vermelho e comprometedor.

— Mas... Haroldo... não deixei você de fora.

— Ah, é? Então cadê meu convite? Até agora não vi nenhum com o meu nome.

O que dizer? Para completar o desastre, pares de olhos apareceram por sobre os ombros do Haroldo. Com razão — com razão? — estavam prenhes de rancor. Durante a embriaguez de soberba que experimentei junto ao Trio Moranguinho, então ausente e desinteressado de me defender, não tive tempo de me pôr no lugar das pessoas que riscamos da lista. Tampouco tive cabeça para prever as consequências desse meu ato. Ao contrário das minhas três novas amigas, eu não possuía o menor preparo para resistir àquele ataque de indignação.

— Haroldo... — gaguejei. — O seu convite... lá em casa... é que... olha, eu vou trazer... é que ainda não consegui preencher todos... e a minha mãe... ela me disse para ir entregando aos poucos... não esqueci você, não... não esqueci ninguém da nossa sala...

Riu, impiedoso, e levantou as sobrancelhas como quem se deixa enganar. Mas não se deu por satisfeito, queria mais, desembainhou a espada e preparou-se para o golpe final:

— Tá com medo que eu cague na sua festa, né?

Impossível recordar se respondi ou fiquei paralisada. Recordo, e muito bem, que todos riram do meu embaraço. E o Haroldo, enfim saciado com a decapitação, desejou-me feliz aniversário e saiu acompanhado pelos olhos que flutuavam ao seu redor. Planejaram me castigar, tenho certeza, e por iniciativa dele, lógico, nada fariam sem a liderança do infeliz. Restou-me juntar minha cabeça ensanguentada, socá-la dentro da bolsa e correr — para onde? Para os braços do Trio Moranguinho? Claro que não, naquela manhã entendi que Carla, Patrícia e Leandra eram a causa da minha desgraça. Para o colinho da mamãe? Só se eu fosse cruel o bastante para deixá-la perceber o fracasso da filha que acabara de "desembestar".

Escondida de meus pais, preparei mais dezessete envelopes e retornei ao colégio disposta a reverter a situação. Que asneira! Alguns, como o Haroldo Machado e seu primo Fabiano, aceitaram os convites sem o menor pudor. A maioria dos excluídos, entretanto, fez questão de recusar. Insisti — um erro sobre outro — e com isso dei chance para que me desprezassem, me desaforassem e até mesmo me humilhassem.

— Não precisa — disse a Madame Min quando lhe estendi o convite.

— Que é isso, Edna? A festa não será a mesma sem você.

— Não adianta. Minha mãe não me deixa sair à noite.

— Aceita aí, vai. Quem sabe sua mãe mude de ideia.

Ela apanhou o envelope perfumado, um falso alívio para minha consciência, e caminhou até o canto da sala. Dona de uma atitude que me destroçava inteira, deixou que o convite caísse na lata de lixo. Assim mesmo, sem máscaras, sem se esconder de mim, concedeu-me uma completa demonstração de dignidade. Sob um silêncio que fez a escola tremer, manteve os olhos fixos no meu pavor, na minha alma vendida, até me deixar sozinha com a multidão que presenciara o espetáculo. Consegui me trancar no banheiro antes de explodir em lágrimas. Não foi a atitude da Edna que destruiu o que restava da minha autoestima. Foi descobrir de uma vez por todas que eu não tinha nem nunca teria o caráter e a coragem que ela acabara de demonstrar.

    As coisas só pioraram dali pra frente. Na tentativa de esconder meu padecimento, faltei o quanto pude nas aulas dos dias seguintes. Em caso de presença, dei um jeito de me isolar comigo e com meus medos incontornáveis. Além de evitar figuras como a Edna e todos os que desdenharam meu convite, cortei relações com o próprio Trio Moranguinho. Embora tenha parecido estranho no princípio, pouco me surpreendi quando Carla, Patrícia e Leandra sinalizaram que não faziam questão de que eu continuasse na turma. Eu ainda não sabia, na verdade sequer imaginava que já haviam conseguido tudo que queriam de mim: a lista de convidados, óbvio, riscada e modificada conforme o desejo delas. Mesmo assim, algo me dizia que as humilhações até então sofridas eram apenas uma amostra do que estava por vir. Enquanto roía minhas unhas, a data da festa se aproximava como uma sombra ameaçadora.

    — Que bicho te mordeu, filha?

    — Não é nada, mãe. Tá tudo bem.

    — Você estava tão feliz com o seu aniversário, tão animada, dando palpite em tudo, e agora isso, não sai mais do quarto, não quer nem provar o vestido.

— Acho que estou nervosa por causa da festa, mas vai passar, mãe, não se preocupe.

Tive de enfrentar mais um papo-cabeça com meu pai, mais uma ladainha sobre a prosperidade da garagem e a razão pela qual se matavam em trabalhar, você, filha, você é linda, é especial, e vai brilhar no seu aniversário. O bigode dele subia e descia sobre os lábios confiantes, mas eu não conseguia ouvir nada além de ruídos. Por que não tive coragem para interromper aquela lenga-lenga e dizer que eu estava fora, que estava jogando tudo para o alto, que não provaria vestido, nem sopraria velinhas, nem receberia parabéns e muito menos dançaria valsas na abertura do baile? Seriam capazes de entender que uma festa de quinze anos pode ser a melhor coisa do mundo, menos para mim?

Se eu fosse uma verdadeira Moranguinho, com certeza curtiria o momento com tudo a que tinha direito, convidaria quem bem entendesse e pouco me importaria com o resto. Se fosse o Haroldo Machado, faria o que estivesse a meu alcance para entrar no baile, para comer e beber de graça, para me impor diante da classe e deixar claro que não estava nem um pouco preocupada com o que pudessem pensar. Se fosse a Edna, finalmente, — ah, se fosse a Edna! — há muito teria chegado para meus pais e perguntado por que não enfiavam aquela festa no cu. Não, isso seria desnecessário. Bastaria olhar para eles do mesmo jeito que ela me olhou ao jogar o convite no lixo. Duvido que continuassem com essa história de garagem, prosperidade, trabalho e orquídea num vaso de feira.

O problema é que não sou nenhum deles, sou eu mesma, e é isso que me corrói. Nunca tive ambição, audácia e coragem para exercer meu direito ao grito e cometer as proezas que habitavam minha mente. Sou incapaz de decidir sobre minha própria vida. Meu pai me mostrou o contrato de aluguel da danceteria e do serviço de som. Minha mãe já havia marcado hora na cabeleireira. O bolo e a bebida estavam a caminho. Baixei os olhos e permiti que me conduzissem à festa de quinze anos.

Fracassei ao tentar esquecer o que sofri naquela noite, e é por isso que hoje desfruto do irônico privilégio de me lembrar de cada rosto, cada gargalhada, cada olhar de escárnio ou complacência. Se é verdade que procuramos banir nossas piores experiências para os porões da memória, não é menos verdadeiro que essas experiências permanecerão como um entulho irremovível. Embora tenha vivido períodos de tranquilidade desde aquela noite, sempre tive certeza de que havia um monte de lixo ocupando espaço lá embaixo. Os dezessete frascos de perfume que usei de lá para cá não serviram apenas como autopunição consciente. Serviram também para combater o mau cheiro que às vezes sobe as escadas e toma conta da casa. Um pouco alterada, desço e passo a mão numa vassoura, espano o pó, tento pôr um mínimo de ordem no local. Alguma coisa varri para baixo do tapete, mas o grosso da sujeira, o que avulta e causa odor, continua exatamente no mesmo lugar.

     Sob o tapete ficou o sorriso murcho que dei a meus pais quando entraram para ver meu vestido, o silêncio que mantive durante o trajeto cabeleireira-danceteria, as dúvidas que senti enquanto os convidados deixavam de dançar para aplaudir minha "entrada triunfal", as luzes oscilantes e a fumaça de gelo seco, os penteados espalhafatosos das meninas, as camisetas fosforescentes dos meninos, as paredes trêmulas e prestes a desabar, os milhares de beijinhos que ganhei de uma gente estranha e (paranoia minha?) debochada, a valsa partilhada com um pai preocupado e já ciente de que algo não ia bem, os fantasmas que de vez em quando gritavam meu nome, a maquiagem pesada do Trio Moranguinho, a ausência do Thiago e de todos que eu ainda sonhava ter ao meu lado. O grosso da sujeira, o que continua fedendo e perturbando, o lixo irremovível sou eu plantada atrás daquele bolo de três andares. Como fui parar ali? Com a docilidade de um títere, de uma boneca, quem sabe a mesma que se encontrava solitária no pico do bolo, desfilei sob a salva de palmas pungentes — nos braços o buquê que alguém me obrigou a segurar, "ocupe as mãos, menina, não vá ficar sem graça diante dos convidados" —, cruzei o corredor de sorrisos falsificados, de pessoas que uivavam e faziam caretas, até pôr os pés no minúsculo cadafalso de atenções.

    Sem ironia, imaginei que estivesse na festa errada. Com exceção de um e outro, eram todos desconhecidos, mesmo assim aplaudiam e me abraçavam, me beijavam, chamavam meu nome como se me conhecessem desde o jardim de infância, desejavam-me a mais completa felicidade do universo. Antes do pior acontecer, vi uma mesa coberta por dezenas de caixinhas coloridas, a maioria do mesmo tamanho. Os presentes, sem dúvida, mas todos iguais? Um dos garçons chamou meu pai com urgência. Problemas na portaria. O filho do nosso vizinho queria entrar, mas o nome dele não constava na lista. Como não, estranhou meu pai, se eu mesmo entreguei o convite ao moleque? Segundo o garçom, outros jovens foram barrados pela mesma razão, parece que era a décima ou a vigésima vez que isso ocorria. Colei os olhos no meu pai. Era um homem inteligente, em poucos segundos entenderia o que estava acontecendo. Traga a lista, disse ele, deixe-me ver qual é o problema. Descobriria que cedi à perfídia do Trio Moranguinho? Acaso me repreenderia?

    A música cessou. Amplificada mecanicamente, uma voz feminina se espalhou pelo interior da danceteria. Hora de cantar os parabéns, de prestarmos nossas homenagens a essa menina linda que hoje colhe mais uma flor no jardim da sua existência. Espere, tornou meu pai ao garçom, mande liberar a portaria. O senhor tem certeza? Tenho, de agora em diante entra quem quiser. Por mais que tentasse, eu não conseguia localizar a mulher que estava falando ao microfone. Meu pai olhou para mim, sério. Uma menina tão digna, tão especial, ela merece tudo que o mundo e a vida têm a lhe proporcionar. Minhas mãos suavam em torno do buquê amarfanhado. Todos juntos, pessoal, agora, parabéns a você... minha mãe levantou as mãos e fez sinal para todos cantarem mais alto... nessa data querida... meu pai sorriu e fez o mesmo, seria capaz de tudo por mim?... muitas felicidades... tento me convencer de que são coisas da minha cabeça, mas o sorriso dele, naquele instante, pareceu forçado e artificial... muitos anos de vida!

 Ainda que já me sentisse péssima diante de toda aquela gente, uma prisioneira encurralada contra o paredão de fuzilamento, a verdadeira catástrofe aconteceria agora, na segunda parte do "parabéns a você". Quando as pessoas começaram a cantar mais rápido e a bater palmas com mais vontade, um grupo de rapazes que nunca vi na vida — bêbados ou drogados, presumo — ultrapassou a linha que nos separava da multidão para me abraçar e me bolinar e me erguer como um troféu merecedor de vivas e admiração. Cantavam avacalhados, aos gritos, às gargalhadas, empurravam-se uns aos outros em movimentos que beiravam a violência, um deles puxou minha mãe para dançar, outro enfiou os dedos no bolo e encheu os colegas de glacê.

Minha mãe não soube como reagir, imaginou que aqueles vândalos fossem meus amigos ou que era desse jeito que as novas gerações manifestavam sua alegria, mas meu pai — ah, meu pai e seu semblante impetuoso! —, meu pai estava prestes a entrar na roda e descer o braço nos moleques. Ao vê-lo assim, com os punhos tesos e o olhar fulminante, tudo parou de girar e ficou congelado ao meu redor. Graças à minha ingenuidade com a lista de convidados, o que deveria ser triunfo se converteu em derrota, a algazarra suplantou a homenagem e o descontrole tomou conta da comemoração. A verdade é que alguém se deu ao trabalho de comparecer à feira e fazer xixi na orquídea secreta. Meu pai jamais aceitaria o desaforo sem encontrar um culpado, e isso, para mim, era o fundo do poço. Temi que ele perdesse a cabeça, que de fato colocasse suas mãos enormes sobre algum daqueles garotos.

Cerrei as pálpebras e prendi a respiração. Muito mais tarde me daria conta de que o buquê se desmantelava sob o ataque de minhas unhas nervosas. Meus pés doíam, desconformes que estavam nos sapatinhos de princesa. Um filete de suor escorreu por dentro do vestido apertado, mas era impossível coçar ou mesmo me mexer. Vozes, berros, uivos, zurros, tudo me forçava a abrir os olhos de novo, a encarar a zombaria daqueles que nada sabiam a meu respeito e que ali estavam apenas para curtir uma festa de arromba. Alguém — o pessoal da segurança? — tirou os bêbados de perto de mim. Fugi para junto de meus pais, eu queria voltar para casa, queria sumir, enfiar a cabeça numa toca de avestruz.

Claro, filhinha querida, você tem todo o direito, mas antes é necessário fazer de conta que nada errado aconteceu, não vá desmoronar agora, é necessário fingir que tudo estava no roteiro, é fácil, a mamãe te ensina, basta levantar uma das sobrancelhas, assim, tá vendo?, e sorrir como se fosse a própria rainha da Inglaterra, depois basta cortar o que sobrou do bolo, prová-lo e aprová-lo com um novo sorriso (mesmo que tenha gosto de cimento) e oferecer o primeiro pedaço a uma pessoa especial.

Até hoje não sei se o Trio Moranguinho teve responsabilidade direta na avacalhação que se tornou o "parabéns a você". Teriam incluído os bêbados apenas para me pôr no meu devido lugar? Ou será que também perderam o controle da situação? Com seus vestidos e penteados chamativos, Carla, Patrícia e Leandra ficaram impassíveis na hora do show, ao contrário do Thiago — ele veio, ele veio! —, que de um ponto distante lançava sobre mim um olhar de melancólica piedade. Não, meu Deus, piedade não. Não do Thiago. Por que não me encarava de outro jeito? Quem sabe assim eu teria coragem de dominar o meu temor, de encontrar o microfone e chamá-lo para meu lado, de dar a ele o primeiro pedaço de bolo, tratá-lo na boca com o garfinho de plástico, beijá-lo sob aplausos gerais e me livrar desse peso que ainda me atordoa. Mas a pena nos olhos dele... Coitadinha da menininha bobinha, foi usada pelas espertalhonas do colégio! Hoje sei que não pude suportar tamanha complacência.

Preferi ignorar o Thiago e todos os que possuíam alguma chance de parecer amigos naquele momento. Ao fazer isso, porém, e no intervalo em que meu pai, minha mãe e o resto do mundo continuavam se movendo em câmera lenta, topei com a fisionomia repentina de Haroldo Machado. Surpreendi-me porque ele estava um pouco diferente do habitual, penteado e bem vestido, e porque demonstrava uma atitude inusitada. Não mais o deboche raivoso do colégio, como no dia em que se aproximou para exigir seu convite, mas algo lânguido e talvez compreensivo, nitidamente indignado com o que acabara de ocorrer em torno do bolo. Solidariedade com a pobrezinha que teve o aniversário achincalhado por um bando de maconheiros?

A resposta afirmativa era a ponta da faca que mergulhava no meu pescoço. Como não deveria estar a minha aparência se até o estúpido do Haroldo Machado demonstrava companheirismo? Continuei enfrentando a imagem dele, ao contrário do que fiz com o Thiago, na esperança de que esboçasse uma de suas caretas e mostrasse que se sentia vingado por ter sido excluído da festa. Bem feito, sua idiota, quem mandou dar ouvidos ao Trio Moranguinho? Quem mandou rejeitar seus colegas de classe e convidar esses cretinos que só vieram arruinar sua vida? Em vez disso, entretanto, Haroldo Machado demonstrava uma piedade mais — muito mais — dilacerante que a encontrada nos olhos do Thiago. O pior é que também trazia um presente — um presente, mal pude acreditar — igual aos outros que se encontravam sobre a mesa.

Quase duas décadas mais tarde, trancada no meu quarto, voltei a me perguntar se o frasco de perfume sobre a penteadeira, o último e mais sisudo, era o mesmo que Haroldo trouxe para mim. Não se tratava de uma coincidência impossível, de modo algum. Entre os despojos daquela noite, sobraram exatas quarenta e quatro caixinhas de Enamoratta, na época o coringa dos bazares e lojinhas de presentes. Imagino o Trio Moranguinho preenchendo a lista de convidados às minhas costas. Vamos lá, gente, vai ser massa! Mesmo que a aniversariante seja uma tola, o que importa é curtir a festa. Só não vale chegar de mãos vazias, tá? É legal levar um presentinho pra fazer média e passar melhor na portaria. O quê? Não sabe o que comprar para a songa-monga? Leva lá um Enamoratta, é básico e todo mundo gosta. Voltei para casa com as quarenta e quatro caixinhas, o suficiente para me perfumar até a próxima encarnação.

— Tá vendo, filha? No fundo eles gostam de você. Se não gostassem, não teriam trazido tantos presentes.

— Deixa de ser ridícula, mãe! Nem você acredita no que acabou de dizer.

Enfim brigamos, deixamos escapar todas as verdades amordaçadas durante os preparativos da festa, trocamos ofensas e acusações, se ela era fútil e superprotetora, eu era ingrata e egocêntrica, se ela não sabia me ouvir e me entender, eu provavelmente sofria de algum distúrbio psíquico e, pior dos defeitos, não fazia a menor ideia do que queria da vida. Ela perdeu a paciência e começou a me dar tapas — não atingiu meu rosto, que protegi com os braços —, depois chorou e saiu do quarto, me deixou sozinha com a montanha de perfumes. Eram meu prêmio, o que de fato me pertencia no fim da história, a recompensa merecida por todas as minhas covardias e ilusões de grandeza, pela minha falta de personalidade, pela forma pueril como pensei que poderia ser quem não sou.

No começo tentei me livrar deles, presenteei minhas primas do interior, as filhas pequenas da nossa vizinha, a empregada doméstica e a moça que fazia limpeza na revenda do meu pai. Permiti que dois dos frascos se quebrassem no piso do banheiro, acidente que contaminou a casa com os odores da minha imaturidade, e dei um jeito, depois da reconciliação, de convencer minha mãe a também provar e usar o perfume. Até que um dia percebi que não restava mais nenhuma conhecida a quem doar meus presentes repetidos. Sobraram dezessete unidades.

— Estes são meus — decidi. — São o meu castigo, a minha penitência. Devo usá-los sem exagero ou desperdício. Se for forte o suficiente para não trapacear, algo acontecerá com a última gota.

Concluí a oitava série acuada no fundo da classe. Ao ingressar no Ensino Médio, troquei de colégio e fiz novos amigos, sem sucesso tentava alterar a maneira de enfrentar o mundo e as pessoas. Tudo foi rápido a partir de então. Cresci, tive namorados, passei no vestibular. Embora soubesse desde o princípio que a faculdade era uma aventura sem futuro, só tive coragem de abandoná-la no penúltimo semestre. Perdi meu pai num desastre de automóvel e, por força das circunstâncias, eu e minha mãe acabamos nos mudando para uma cidade maior. Nunca deixei de usar o perfume e nunca me livrei do "cheirinho de ninfeta assanhada", como mais tarde diria meu marido, até chegar aos 32 anos e subitamente me encontrar diante do último dos frascos (o do Haroldo Machado, talvez?). Com pouco menos da metade do seu conteúdo, o objeto me encarava com repulsa e severidade.

Estava sentada na cama, nua e com um pouco de frio, mesmo assim me sentia forte, a máscara me protegia e me deixava leve, me dava uma sensação de paz e missão cumprida. Eu não devia mais nada a ninguém, não devia mais nada a mim mesma. Era hora de levantar e caminhar até a penteadeira, de pôr fim a uma história que se arrastara além dos limites. Segurei o frasco como quem segura um pássaro prestes a voar. Não me senti desonesta ou trapaceira, deixei de pensar nesses termos, eu só queria acabar com aquilo de uma vez. Desde que meu marido saiu de casa, ou melhor, desde que aceitei os mistérios da máscara, algo me dizia que a última gota era iminente. Abri o vidro devagar. O que fazer com o resto do perfume? Deixá-lo escorrer pelo meu corpo inodoro? Jogá-lo no ralo do chuveiro? Bebê-lo?

Através do espelho, vi a janela do quarto bloqueada pelo paredão cego do prédio ao lado. Uma ideia me fez sorrir e arquear as sobrancelhas, mas a máscara, é claro, recusou-se a externar meus sentimentos. Eu começava a me acostumar com isso. Voltei a fechar o vidro, atarraxei a tampa sem ao menos perceber o que fazia, era como se um simples pensamento tivesse o poder de girar o mundo. Virei-me para a parede que esmagava meus dias. Vestida apenas com a máscara, afastei as pernas e me preparei para o arremesso. A janela estava aberta. Se mirasse corretamente, acertaria o alvo sem muita dificuldade. Tive a louca impressão de que seria capaz de furar o concreto e demolir o edifício vizinho.

Retive todo o ar que pude, apertei os lábios e levantei o frasco sobre a cabeça. A coragem estava comigo. Bastava um segundo mais de lucidez. Adeus, penitência! Adeus, sombras! Joguei o frasco contra o paredão duro e indevassável, gritei na hora de jogá-lo porque concentrei no gesto todas as energias do meu corpo, do meu espírito, e continuei gritando graças aos ruídos de vidro quebrado e ao odor que se espalhava dentro e fora do apartamento, as provas do meu êxito.

É óbvio que o prédio não caiu e que a parede ficou lá, no mesmo lugar, roubando de mim os horizontes e o sol da manhã, mas a mancha molhada na crosta de cimento me trouxe um alívio tão profundo, tão intenso, tão completo, que caí na cama abraçada a mim mesma e me deixei rir e chorar por um longo tempo. Toda a história da minha vida voltou a acontecer em recordações, agora com mais detalhes, mais brilho e entendimento, o sorriso confiante do meu pai, a dedicação da minha mãe, os passos que dei a cada dia depois da escola, os acertos e as decisões tomadas no momento correto. Se fosse possível, eu jamais tiraria a máscara do meu rosto.

"Só as prostitutas são felizes", relembrei. "São as únicas que podem entregar o corpo e preservar a alma."

Era noite quando levantei. Eu sabia exatamente o que fazer em meio àquela atmosfera branda e azulada. Abri o guarda-roupa e recuperei meu biquíni preto, de laçadinha, algo que não usava há mais de um ano. Lembrei-me de minhas velhas botas com cadarços que subiam pelos canos alongados até os joelhos. Calcei-as e caminhei pelo quarto até me habituar à altura dos saltos. Mais uma vez parei na frente do espelho e pus as mãos na cintura. Gostei do que vi. Então revirei o armário em que meu marido guardava suas roupas de inverno e de lá trouxe um sobretudo negro. Embora amassado e um pouco puído, tratei de vesti-lo depressa porque era o que eu precisava para chegar ao meu destino. Antes de sair nesses trajes, botas, biquíni, sobretudo, máscara — não, eu não dispensaria a máscara, não mesmo —, um vento agradável entrou pela janela e esvoaçou nos meus cabelos.

    Peguei a chave do carro. Apaguei a luz.

A partir daí, todos os meus atos se transformaram em volúpia, do ruído que as botas faziam no piso ao modo como minhas pernas roçavam o tecido do sobretudo. Com os olhos da máscara, vislumbrei um universo de estímulo e fascinação. A própria dificuldade de respirar fez com que eu risse e ouvisse a prece da sensualidade. Saí sem trancar a porta, desfilei pela penumbra do corredor, no princípio insegura, pisando em ovos, mas logo com a soberba e a displicência de uma estrela.

Chamei o elevador com a certeza de que era a passagem para um mundo mágico e inteiramente novo. Quando as portas se abriram, dei de cara — dei de máscara — com um homem baixo e mal-vestido. Ele tomou um susto tão grande que por pouco não se encolheu junto às sacolas que trazia do supermercado. Confesso que também me assustei, mas cresci com o desconcerto do estranho, imaginei os pontos de interrogação entrelaçados na sua mente e pus as mãos na cintura, desafiante.

Eu tinha a máscara, nada podia me afetar. Antes que me lembrasse de abrir o sobretudo e provocá-lo com o biquíni negro de laçadinha, o homem se esgueirou para o corredor e fugiu num passo vergonhoso. Quem seria a mulher mascarada? Uma louca que resolveu brincar de Halloween? Uma serial killer? Uma puta contratada para lhe pregar uma peça? "Puta", degustei a palavra enquanto descia para a garagem. Nunca parei para pensar na delícia vulgar e explosiva da pronúncia.

Liguei o carro como se nada fosse nada, como se estivesse vestida de modo convencional e aquela fosse uma noite como outra qualquer. Não tirei a máscara para dirigir, não a tiraria de jeito nenhum, acho que perderia a coragem se fizesse isso. Além do porteiro que me olhou espantado — e que me reconheceu por causa do carro —, mais dois moradores do prédio me viram e ficaram paralisados pela dúvida. Sem me preocupar com eles, acelerei com a tranquilidade de quem sai às compras. Havia apenas um destino que me interessava.

O que aconteceria se algum policial resolvesse me parar? Como explicar o uso da máscara em pleno volante? Sabe o que é, seu guarda (e aqui eu deixaria que as abas do sobretudo deslizassem para lhe mostrar minhas pernas), estou indo para um baile à fantasia e é impossível remover a máscara sozinha. Sem problema, diria ele, um homem gordo e asqueroso, encoste ali no beco que eu ajudo a senhora a tirar a máscara e tudo o mais que quiser. Distraída com o que aconteceria na sequência, cruzei um sinal vermelho e fui despertada pelo flash da câmera que fotografou meu carro. Ouvi buzinas e cantadas de pneus. Tive sorte de não ser atingida, por isso ri vitoriosa. Não existe guarda, devaneio ou acidente que possam me deter.

  Como um redemoinho que se acalma e para de girar, estacionei nas proximidades da Rua Santiago. Era uma região escura, não havia ninguém por perto, saí com calma para não esculhambar as plumas da máscara. Acionei o alarme e conferi se as portas estavam mesmo travadas. Pouco me lixava se roubassem o carro e tudo que meu marido acumulou ao longo dos anos, mas a precaução se fazia necessária porque, em caso de perigo, seria bom fugir rápido do local. Com as mãos nos bolsos, cruzei a rua e caminhei pela calçada de tijolos vermelhos. Ainda ouvia os toques das botas no chão, ainda sentia (e visualizava) a forma ofídica como meus quadris se agitavam no interior do sobretudo.

  Duas mulheres passaram por mim. Ficaram intrigadas com a máscara, acho até que pararam para me observar pelas costas. Em vez de questionar o porquê dos meus trajes, limitaram-se a fazer piadinhas. Senti medo. Só então compreendia o risco que estava correndo, alguém poderia me agredir, me machucar, quem mandou invadir um território demarcado? O problema é que eu já havia ultrapassado todas as fronteiras, e isso aconteceu quando destruí o último vidro de perfume. Se tive coragem de caminhar sobre meus passos e chegar aonde cheguei, retroceder seria mais que fraqueza ou covardia, seria um escarro no meu próprio ego.

Apertei a chave do carro na mão. Furaria o pescoço do primeiro que se aproximasse sem convite.

Ao passar por mais duas mulheres — dois travestis? — se expondo numa esquina, recebi novos olhares de curiosidade e indignação. Quem é a retardada? O que pretende com a máscara? Acha que vai pegar alguém desse jeito? Quase na mesma hora ecoavam as gargalhadas e os gritinhos de escárnio. Pior dos males, parece que não estavam me levando a sério, não me viam como uma concorrente à altura.

Deixei-as para trás, entrei enfim na Santiago, havia luzes, maçãs e coraçõezinhos piscando em néon, um bêbado na sarjeta. Por questão de segurança, resolvi ficar longe das outras mulheres. Antes de alcançar o ponto que me parecia ideal, um automóvel de repente freou ao meu lado.

— E aí, gata? Qual que é?

Quando ouvi a voz festiva e embriagada, meus instintos ordenaram que eu ignorasse o chamado e me afastasse do local. Das minhas cavernas secretas, porém, surgiu uma força capaz de anular toda a prudência. Parei como se tivesse perdido o domínio dos movimentos, fiz meia volta e me inclinei para avaliar o homem dentro do carro.

Era jovem, não mais que vinte anos, possuía cabelos de estopa e procurava esconder seus temores com a alegria de quem vaga na noite. Acho que não tinha visto a máscara até então, pois perdeu o sorriso quando me aproximei. Isso me encheu de ousadia, "é agora ou nunca", ou faço o que precisa ser feito, ou volto correndo para a minha vidinha chinfrim. Como se estivesse na periferia do meu próprio corpo, protagonizei a cena a que assisti centenas de vezes em filmes e documentários sobre prostituição. Apoiei os antebraços na janela do carro e espichei meu traseiro para trás. Do jeito como ficaram, tive impressão de que meus seios fugiriam pela gola do sobretudo e se enfiariam na boca do garoto.

— O que é isso? — disse ele, apontando a máscara.

— Meu rosto, não está vendo?

A resposta o pegou de surpresa. Demorou até voltar a rir e bancar o espirituoso:

— Que gracinha! Por que não tira esse troço e dá um sorriso pra mim?

— Lamento, querido, mas isso não é possível.

— Por que não? Tem algum defeito aí atrás? Alguma cicatriz?

Restringi-me a negar com a cabeça. Ele ficou desconfiado, deve ter subentendido que minha face era uma aberração da natureza, uma carranca de monstro com feridas nos lábios, um olho vazado e um gigantesco nariz de bruxa. Refugiou-se numa observação de falsa astúcia:

— Com essa sua voz abafada, como é que vou saber se você é homem ou mulher?

Se recordo as impressões que mantinha a meu próprio respeito, posso afirmar que, em circunstâncias normais, a insinuação seria suficiente para me emudecer ou me pôr em retirada. Acontece que tudo ali era provável, menos a normalidade. Eu estava com a máscara, e ela me dava força. Sem a menor cerimônia, abri o sobretudo e fiz uma pose de manequim. Embora fosse a primeira vez que me exibisse desse jeito, agi com tamanha naturalidade que, deliciosa sensação, acreditei ser uma profissional experiente do ramo. Após uns poucos segundos, interrompi o showzinho e voltei para a janela do carro.

— Que tal?

Ele assobiou:

— É... legal... bem legal... mas não sei... acho que a máscara vai atrapalhar...

— Está com medo?

— Só se for do preço do programa.

— Faço de graça pra você.

— De graça, é?

— É. Não tenho direito de trabalhar de graça pra quem eu quero?

— Tem, claro que tem... mas isso não existe...

— Talvez não. Ninguém acreditaria se contasse quem sou e de onde venho.

— Então é melhor não ouvir... Desculpe, meu bem, mas esse papo tá muito esquisito.

Furioso e fumacento, o veículo sumiu do mesmo modo que apareceu. É complicado dizer o que pensei quando senti o cheiro de borracha queimada. Enquanto a voz da minha mãe se esganiçava no meu ouvido direito — perdeu o juízo, menina?, como teve coragem de se rebaixar assim?, —, no esquerdo penetravam os cânticos do triunfo. Foi divertido ver o modo como o rapaz se apavorou. Mais do que correr pela borda do abismo, pude usufruir dos ventos que me refrescaram a alma. Mas ainda faltava olhar para baixo, sofrer uma vertigem, cair e descobrir se seria capaz de voar. Pus as mãos nos bolsos, segurei a chave, percorri mais uns metros e me posicionei numa sombra solitária.

Agora as mulheres cruzavam a rua antes de passar por mim, me olhavam admiradas, algumas com visível irritação, mas já não se atreviam a rir quando sozinhas. Ainda que muitos carros diminuíssem a velocidade e ameaçassem estacionar na minha área, mudavam a rota assim que os motoristas avistavam a máscara. Não sei quanto tempo fiquei nisso, sei apenas que cansei rápido. Ao longe, vi que as outras faziam mesuras e jogavam beijinhos para os homens. Contentei-me em brincar de estátua. Somado à atitude do próximo sujeito que resolveu parar, isso contribuiu para fortalecer minha impaciência.

O tipinho era tão convencional que mais parecia uma caricatura, um boneco de lata tentando lubrificar a ferrugem, alguém sem coração impelido a uma lascívia que não relataria nem a si mesmo. Dirigia um veículo barulhento e era óbvio que não se sentia à vontade sob os cabelos que começavam a rarear. Protegido pelas lentes dos óculos, lançou-me um olhar que, embora palerma e meio titubeante, foi longo o suficiente para captar os aspectos mais assombrosos da máscara.

Quando notei o espasmo em suas sobrancelhas, abri os braços e executei um gesto de provocação. Ele entrou em pânico, talvez temesse ser atacado, atrapalhou-se com a embreagem e deixou o motor morrer. Senti tanto nojo que desejei ter uma pedra ou um pedaço de pau por perto. Enquanto o idiota dava a partida e fugia na escuridão, considerei que seria justo quebrar o parabrisa e as lanternas do carro.

— Suma da minha frente, seu cretino, suma e não volte mais!

Se tivesse uma amiga a quem contar o ocorrido, tenho certeza de que ela consideraria a raiva uma consequência do desprezo demonstrado por todos aqueles homens. Isso não é verdade, infelizmente. Diferentes de mim, eles não possuíam disfarces, entravam desamparados no mercado do prazer, bastava uma careta ou uma simples troca de marchas para revelar a dimensão do seu egoísmo. Era isso que eu procurava na Rua Santiago? Uma confirmação, a prova de algo que já sabia há anos? Claro que não, era o contrário, a esperança de encontrar um rosto sem máscara é que me impulsionava. Ao mesmo tempo em que admitia a nulidade de prosseguir no joguinho, recusava-me a abandonar a fantasia porque, triste conclusão, descobri que já não tinha casa para voltar. Com os trajes acreditava estar mais próxima da minha identidade; sem eles, eu não era nada.

Enquanto estava virada para o veículo em fuga, uma caminhoneta se aproximou pelo outro lado e, numa clara estratégia de intimidação, parou a poucos centímetros de me atropelar. Dessa vez o motorista era obeso em excesso, um desses indivíduos cobertos de pelos que fediam e transpiravam ao menor dos movimentos. Como usasse uma camiseta regata que nada tinha a ver com seu físico, os cabelos da nuca e dos ombros ficavam livres para me transmitir os códigos da repugnância. Completando o quadro do desastre, o sujeito pronunciava as palavras de modo afetado, seus tiques felinos não combinavam com o bigode de machão, na verdade faziam com que se tornasse uma figura cômica.

— Mascarada?! — brincou. — Isso é novo pra mim.

— O que pensa que está fazendo? — gritei. — Quer me matar?

Ele riu e deu um tapinha no volante:

— Não se preocupe, meu amor, o papai aqui sabe como dirigir à noite.

— Ah, é? Então por que não pega essa lata velha e cai fora enquanto é tempo?

— Nossa, ela é zangadinha! Ou zangadinho, quem sabe? É que daqui não consigo ver o tamanho do seu gogó!

O gorducho jogou a cabeça para trás e riu como se tivesse contado a maior piada do mundo. Minha resposta foi dar um chute na porta da caminhoneta.

— Que é isso, pô? Tá louca? Não sabe o que é brincadeira?

— Sai da minha frente! — o segundo chute. —

Sai já da minha frente! — o terceiro.

No que ele fez menção de descer e partir pra cima de mim, empunhei a chave e sinalizei que não recuaria.

— Vem, leãozinho de pelúcia, vem aqui com a mamãe, vem! Chegue perto pra ver o que acontece.

Hesitou, covarde como os demais. Quando avancei para riscar a lataria do carro, decidiu arrancar numa cantada de pneus. Antes prometeu que voltaria para me dar um tiro na cara — ou na máscara, completei com descaso.

As outras mulheres me espiavam de longe, ouviram os gritos e perceberam que algo estava errado. Experimentei acessos de enjoo, por um instante admiti que a respiração pesada me obrigaria a desvelar o rosto. Dei um jeito de me conter, mas também entendi que acabara de perder o controle da brincadeira e que já passava a hora de abandonar o local. É possível encontrar o sexo livre da violência? A resposta circulava no ar, me enchia de desânimo e me empurrava para o ponto de partida.

— É o bastante — reconheci. — Devo voltar pelo mesmo caminho, baixar a cabeça como a dona de casa que nunca deixei de ser e levar meus anseios a outra parte.

Não que persistisse o medo de estar ali. O fato é que a aventura deixou de fazer sentido. O perigo já não valia a pena. Para evitar pensamentos depressivos, contei os passos que me distanciariam da Rua Santiago. Ao passar do décimo nono para o vigésimo, algo surpreendente aconteceu. Agora lento e quase sem ruído, mais um carro parou ao meu lado, mas o curioso é que não era um carro como outro qualquer, era um carro que eu conhecia muito bem, que via com frequência e usava de vez em quando. Era o carro do meu marido! Meu marido? Sim, o próprio, sem dúvida, meu marido, não tinha erro. O terno amassado, a camisa entreaberta, os olhos de peixe morto, tudo contribuía para alardear a bebedeira que o transtornava.

— Oi! — disse com a língua enrolada. Depois pendurou-se na janela do motorista e me chamou com um gesto. — Quanto custa pra gente... trocar uma ideia?

A imagem era tão absurda que nenhuma mente poderia processá-la de imediato. Graças a meu estarrecimento, não obedeci aos impulsos que o mundo julgaria dignos de uma mulher ultrajada. Simplesmente não tive espírito para fazer ou falar o que quer que fosse. Em vez de pedir explicações ou arrancar a máscara e agir como se atuasse numa comédia de erros, detive-me a perscrutar a cena e a me perguntar como era possível que ele estivesse ali, logo ali na Rua Santiago, contratando prostitutas para conversar ou fazer Deus sabe o quê.

Vai ver perdeu o voo, teve que adiar a jornada da qual traria frutos e elixires para esnobar os sempre citados "babacas da diretoria", ou então cancelaram a viagem no último segundo, mandaram um trainee jovem e faminto em seu lugar. Como consolo, meu marido achou por bem exorcizar o fracasso com o álcool e as vadias de um inferninho qualquer... Não, lógico que não, a quem estou tentando iludir? A viagem nunca existiu a não ser em suas mentiras. Deixou-me sozinha porque planejava se embebedar e trepar com anônimas que pudessem lhe oferecer um mínimo de emoção, pretendia procurar putas na rua — na rua! — e consultar o preço de um bate-papo, um diálogo, uma — como é que ele disse mesmo? — "troca de ideias"?

    Deve estar pior do que eu, pensei assustada, mais deprimido, mais frustrado com o casamento, mais disposto a se abandonar na imundície e na esperança de entender por que suportava uma vida tão convencional. Lembrei uma cena que se tornou exagerada em minha apreensão, ele chegando e colocando as mãos nos meus ombros, eu reclamando e repelindo sua presença, ele baixando os olhos e pedindo um abraço, um simples abraço, e eu rindo, levando tudo na brincadeira, ligando a televisão e dizendo que estava ocupada. Apesar desses sinais, nunca permiti que minhas suspeitas se fortalecessem.

    Mesmo naquela noite distante, na ainda mítica Rua Santiago, quando voltávamos de um jantar e ele não pôde esconder seu interesse nos corpos em exposição, considerei que as chamas do desejo não tinham força para passar da mente à carne do meu esposo. E no entanto ele estava ali, como os outros, um desconhecido em busca de prazer e entendimento, uma identidade tão confusa e carente quanto a minha.

    — Como é? — tornou a chamar do carro. — Vai dizer quanto custa... ou vou ter que procurar... outra garota...

Ainda que falasse arrastado, acentuou as palavras da expressão "outra garota", e isso me aborreceu. É curioso que não tenha estranhado a máscara. Detalhe irrelevante para um bêbado prestes a desmaiar? Pode ser. Ou então — e foi o que me arrancou do torpor — ele sabia que era a sua mulher que estava ali. Não seria totalmente ridículo cogitar que estivesse me vigiando há meses, que soubesse dos meus rituais no espelho e que tenha inventado a viagem apenas para verificar os limites da minha loucura. Inclusive era possível que a embriaguez fosse uma farsa, que tenha passado a noite monitorando meus passos e resolveu interferir depois da confusão com o sujeito da caminhoneta. Recordei a ocasião em que saiu para viajar e chegou dias antes do previsto, suponho que para testar minha fidelidade, e concluí que a prática da espionagem era coerente com o comportamento mais visível do meu marido.

— Está me ouvindo? — disse ele, agora empunhando uma garrafa com algo que parecia uísque. — Faça o seu preço... preciso que alguém... me ature por quinze minutos...

A presença dele mudava tudo. Embora fosse menos escandaloso crer na coincidência, não pude descartar a hipótese de que estivesse me desafiando para uma espécie de jogo erótico. O homem que casou comigo seria capaz de tramar uma coisa dessas? Só havia um modo de descobrir. Em vez de correr ou ficar calada, tolices tão inoportunas quanto tirar a máscara e revelar minha identidade, abri o sobretudo e me aproximei com o corpo exposto.

— Só aturar? — perguntei com a voz abafada.

— E só por quinze minutos? Pensei que quisesse algo mais.

Mostrou-se surpreso com o que viu, era como se desconhecesse minhas pernas e seios, como se nunca tivesse tocado a marquinha no meu abdômen ou o biquíni que tantas vezes tirou em nossas férias. Nele procurei o gesto traidor, um tique, uma careta, um movimento que denunciasse familiaridade com minha voz, minha estatura, meu jeito de andar. Nada vezes nada. Ou era excelente ator, ou ainda não tinha consciência de que estava diante da própria esposa.

— É boa... — resmungou. — Acho que quero, sim... só que já vou avisando... não posso torrar muita grana... a minha mulher... ela controla tudo... vai descobrir que andei gastando com uma... uma... você sabe o quê.

Sabia que era eu? Se sim, era um perito em sutileza, um homem muito diferente do que dormiu comigo por tanto tempo. Quanto mais me provocava com a dúvida, menos eu tinha vontade de tirar a máscara. Excitada com as mensagens em código, resolvi apostar alto:

— Não se preocupe com sua mulher. Faço de graça pra você.

— Ah, não... Posso estar bêbado, mas ainda sei que isso não faz parte do mundo...

— O que quer dizer?

— De graça, ora essa! Quem é que faz alguma coisa de graça hoje em dia?... ainda mais isso...

— Isso?

— O "algo mais"...

Fui obrigada a rir, mais uma pista para que me identificasse.

Ele ficou sério. Esticou o braço e acariciou a máscara.

— Tenho pouco para dar — disse —, mas tudo que tenho pode ser seu.

Ao fim da declaração — tão direta e repentina, tão oposta à sua personalidade e mesmo assim tão banal —, jurei que ele sabia perfeitamente com quem estava flertando, e sabia com antecedência, pois não se abalou quando ouviu minha voz. A máscara não pertencia somente a mim, mas também a ele. No outro lado da fantasia, pôde falar sem medo de ser ridicularizado ou desprezado, sentiu-se livre para agir sem precauções, sem freios, sem amarras. Por causa das mentiras da encenação, suas palavras vibravam com uma energia diferente. Era bom acreditar que me observava a distância, que passou todo esse tempo cuidando de mim, e era bom provar o calor dessa proteção. Pouco a pouco, as calçadas se transformaram em campos de areia movediça, eu amolecia e afundava porque não via no meu marido, logo nele que me enclausurou numa rotina de desejos inatingíveis, o egoísmo e a maldade dos outros homens.

Em seguida, porém, quando riu e seus olhos se fecharam de cansaço, quando sacudiu a cabeça e terminou de esvaziar a garrafa, quando deixou que o vidro se quebrasse no calçamento — o seu próprio frasco de perfume? — e perguntou o que eu estava fazendo que ainda não havia entrado no carro, voltei para o chão duro da incerteza. E se tudo que imaginei não passasse de bobagem? E se ele de fato estivesse ali por acaso, por uma desilusão semelhante à minha, apenas em busca de um corpo que o consolasse da tristeza e o ajudasse a acender a chama que deixei apagar? Se isso fosse verdade, então ele não passava de um crápula egocêntrico como os demais, de um homem pronto a entregar "tudo que tem" à primeira piranha que aparecesse na beira da estrada. Não foi fácil me controlar. Um pensamento a mais e eu teria chamado meu marido pelo nome, o mesmo que acender as luzes no meio do show.

— Já decidiu? Ou vai me deixar esperando... para sempre?

— Então tá — provoquei. — Se acha que está pronto para mim...

Enquanto contornava o carro — fiz questão de passar por trás e deixá-lo livre para fugir até o último instante — fiquei próxima de compreender, ou pelo menos provar na pele, a duplicidade dos meus sentimentos. Uma dor intensa, ou sublime, não sei, foi se afinando por meu peito abaixo. Senti dificuldade de respirar, mas era gostoso quando o ar faltava nos meus pulmões. Nunca experimentei sensação mais doce e dilacerante. Queimando em febre, livrei-me do sobretudo e entrei no carro apenas de botas e biquíni. E de máscara, é claro, para a qual chamei atenção:

— Incomoda-se com ela?
— Acho que não... mas é engraçado...
— O quê?
— Ela me obriga a te olhar com cuidado...

A dor — o êxtase! — continuou se aprofundando até tocar as minhas entranhas mais remotas. Sabia que era eu, sabia sim, era impossível não saber.

Mesmo assim, a dúvida não me abandonaria tão cedo. Sentada ao lado dele, confirmei que o porre era pra valer, o maior desde que o conheço... Meu Deus!... E se todos aqueles subentendidos não passassem de delírio? Talvez eu estivesse enganando a mim mesma pelo simples fato de que queria plenos os meus sonhos.

Meu marido se mexeu no assento. Então pôs a mão entre minhas pernas, os dedos encontrando e pressionando um ponto que me deixou paralisada.

— Esse seu cheiro — disse com um olhar de desconfiança.

Não consegui responder. Enquanto me acomodava às carícias que me conduziam por um caminho novo, visualizei o momento em que destruí o último frasco de perfume. A fragrância deve ter se impregnado em mim.

— Esse seu cheiro — repetiu, e foi como se pronunciasse as palavras com os dedos que me massageavam.

— Enamoratta, conhece?

Tirou as mãos do meu corpo (lamentei por isso) e se afastou rindo:

— Se conheço?... sou praticamente um especialista... minha mulher usa até hoje...

— Sua mulher?

— Não viu a aliança no meu dedo?

— Quer falar um pouco dela?

— Melhor não.

— Pensei que quisesses conversar.

— Não sobre ela. Não seria certo.

— Por quê?

— Acho que... ah, sei lá... acho que...
— Quê?
— Ela não sabe quem é.

Tomei um choque, mas um choque literal, violento, que subiu por meu íntimo e, coisa contraditória, só fez aumentar minha excitação. Não sei quem sou? Talvez tenha acabado de descobrir, mas recusei-me a dizer uma calamidade dessas, entendi que as palavras seriam insuportáveis dali pra frente. Meu marido aguardava a indicação de algum beco ou hotelzinho barato para consumarmos a "troca de ideias". Decidi que era chegada a hora de dar as cartas, por isso girei a chave e desliguei o carro. Dali minha mão flutuou para as calças dele. Desafivelei o cinto, abri o zíper e os botões, tudo com pressa e voracidade. Senti alegria, uma fisgada leve no ventre, múltiplos socos no coração, especialmente porque percebi, ou quis perceber, que os efeitos da bebida não eram tão fortes quanto pareciam. Livrei-me da parte de cima do biquíni e montei o colo dele, seus lábios coroaram um dos meus seios, depois o outro, numa sofreguidão que mandava mensagens a todos os recantos do meu corpo. As plumas da máscara ficaram bagunçadas contra o teto do automóvel. Ah!, danem-se os enfeites — quem se importa? —, desde que meu rosto continue protegido, é lógico. Num passe de mágica, o banco se inclinou um pouco para trás, ele estava ajudando a me ajeitar, queria prosseguir de imediato, não se preocupou com camisinhas ou outras formas de proteção. Se prefere assim!, pensei ou falei, e tratei de encontrá-lo com os dedos da mão esquerda, porque os da direita eu já empregava para afastar o biquíni. Num impulso brusco, ele entrou fundo e pulsante, entrou depressa, entrou como quem precisa ficar, vibrava numa jornada de glórias por dentro de mim. Alguma coisa estava machucando meu joelho. Abri a porta do motorista e fiquei mais à vontade para me movimentar. Numa promessa de mais surpresa, descoberta, equilíbrio, ele pôs as mãos nos meus quadris e me segurou como se quisesse me possuir ao infinito. Rápido alcancei uma paisagem que já conhecia de vista, a fisgada se convertendo em dor miúda e aconchegante, previ que a sensação cresceria e me daria licença de invadir o bosque para brincar no ziguezague das árvores. Não restara fingimento ou dissimulação, nem mesmo o porão cheio de escombros, os falsos ruídos de amor, a luz ridícula no fim do túnel, o suor sem partilha, a cama quadrada, as apostilas copiadas da internet, saiba tudo sobre o orgasmo, você tem esse direito, tem que se ajudar querida, estou tentando, conseguiu?, só se me pegar desse jeitinho, aí pode ser. Éramos eu e ele, apenas, pele com pele, o homem e a mulher que abandonam o supérfluo para enfim permitir que seus corpos se conheçam e se comuniquem com a mais legítima das linguagens. E agora estou chegando, estou sim, tenho tudo que preciso, o desprendimento, o conforto, o lampejo, o rumo para o qual caminhar, voar, deslizar, ei, ei, ei, já estive aqui antes, basta relaxar e pela primeira vez deixar acontecer, mas é incrível, não quero que aconteça por enquanto, seguro uma tonelada de chumbo com o dedo mindinho e não permito que caia antes de ver todas as cidades do mundo iluminadas, tapo com o mesmo mindinho a falha que antecede o rombo da represa, ai meu Deus, ai meu Deus, sinto as pernas dele rijas e trementes, está gozando, sim, lindamente gozando, é a corda que se arrebenta, a taça que transborda, o jorro que explode volumoso, não posso aguentar mais, não posso, não quero, grito por causa das contrações que se multiplicam incontroláveis e me preenchem de sabores e satisfação infinda, luz intensa, vida.

Daí a quietude, o relaxamento merecido da vitória. Por um tempo respiramos com demasiado escândalo, rimos, evitamos separar as mãos que ainda se apertam. Alguém passa pelo carro, dá uma olhada para dentro, segue adiante. O homem que até então chamei de marido me encara com serenidade. Já não interessa se sabe quem sou. Por trás do disfarce que me esconde, sinto que uma lágrima escorre do meu olho, logo se encontrará com o sorriso indelével dos meus lábios. Acho que chegou o momento, estou pronta. Vou agora tirar a máscara.

SOBRE A AUTORA

Susan Smith é o principal pseudônimo da escritora Suzana Dornelles Machado. Ela nasceu em São Paulo, em 16 de janeiro de 1969, e morreu em Blumenau (SC), na tarde do dia 10 de julho de 2007. Sem nunca ter concluído o ensino superior, trabalhou em várias empresas como gerente de vendas e assistente de telemarketing. Em 1997, aos 28 anos de idade, começou a escrever narrativas sentimentais publicadas em papel barato e distribuídas em bancas de revistas por todo o país. Como costuma acontecer com as autoras do gênero, sua produção era estupenda, uma média de dois romances por mês, de modo que, em menos de dez anos de carreira, ultrapassou a marca dos 100 títulos. Devido à publicação de *A Máscara Ridente*, uma obra que se contrapõe aos cânones da narrativa sentimental, a autora encerrou a sua colaboração na área e passou a se dedicar à literatura erótica. Em 2005, depois do assassinato do marido, a escritora sofreu um sensível abalo em suas faculdades mentais. Foi internada numa clínica psiquiátrica, onde escreveu até o último dos seus dias. Com exceção de *A Máscara Ridente*, toda a sua obra erótica permanece inédita.